Game of God
신의게임

〈완결〉

Game of God
신의 게임

월탑 퓨전 판타지 장편 소설
BBULMEDIA FANTASY STORY

Contents

chapter 35 . 격변   7

chapter 36 . 심연   79

chapter 37 . 붕괴   207

chapter 38 . 천상   237

CHAPTER 35
격변

화아악!

비틀리고 탁해졌던 세상은 곧 밝아졌다.

전장에서 벗어나 영토로 이동하며 세상은 빛과 온기를
되찾았다.

검은 하늘은 푸르게 변했으며 유리판 대지는 초록을 품
은 땅으로 변해 있었다.

'이겼군!'

가장 먼저 든 생각은 이것이었다.

절망적이었던 전장에서 영토로 무사히 귀환했다.

이는 민재 혼자 이룬 성과가 아니었다. 동료들이 없었다
면 결코 이기지 못했을 전장이었다.

그로 인해 민재는 큰 이익을 얻을 것이다.

사라와의 대전은 목숨과 능력을 포함한 모든 것을 건 결투.

소유했던 마테리아는 물론이고 지진 능력마저 건 엄청난 혈투였다.

민재는 주변을 살폈다.

옆에는 미니언들이 보였다. 거대한 덩치의 팍살라와 곰들, 퍼스파, 그리고 풍룡까지.

"축하합니다, 주인님."

프롬이 웃으며 다가왔다.

그때, 이변이 발생했다.

그으으으의!

갑자기 대지가 떨리기 시작했다.

"앗!"

균형을 잃은 프롬이 넘어졌다.

곰들과 퍼스파들도 지진을 이기지 못하고 쓰러졌다.

[이 무슨?]

팍살라가 급히 날개를 접어 민재를 감쌌다.

그 순간.

콰아앙!

엄청난 소음이 터지며 거대한 압력이 몸을 으깨듯 뭉개

왔다.

"으아악!"

민재는 비명을 질렀다.

뼈가 부서지고 내장이 터질 것만 같은 통증.

너무나도 압도적인 고통이었기에 제정신으로 버텨 낼 수가 없었다.

"으으으!"

신음이 연이어 입가에서 흘러나왔다.

동시에 뭔가가 고막을 울리는 느낌을 받았다.

뿌드득! 푸윽! 퍼억!

뼈와 살이 뒤틀리며 기괴한 소음과 고통이 반복되었다.

실제론 찰나에 불과했을 테지만, 느끼기엔 억겁과도 같았다.

그 고통은 끝났고, 시야를 덮었던 팍살라의 날개가 걷어졌다.

그러자.

폐허가 눈에 들어왔다:

"으으윽, 뭐야?"

민재는 웅크렸던 몸을 펴며 웅얼거렸다.

영토가, 전장을 전전하며 발전시켜 온 자신만의 터전이 철저히 파괴되어 있었다.

초록의 땅은 헤집어지고 건물은 무너졌다. 푸르렀던 하늘은 기괴한 색채가 뒤섞여 소용돌이쳤다.

모든 것이 엉망.

"이럴 수가……."

민재는 자신의 눈을 믿을 수 없었다.

그저 멍하니, 변해 버린 영토를 살필 뿐이었다.

"으으으……."

신음이 들려왔다.

"프롬!"

"주인님."

민재는 프롬에게 다가갔다.

은발의 남자아이는 넘어진 채 피를 흘리고 있었다.

배가 터졌고 혈색은 새파랗다. 그야말로 죽기 직전의 상태나 다름없었다.

"어떻게 된 거야?"

민재는 프롬을 일으켰다.

프롬은 신음을 흘리며 말했다.

"배가, 배가 아파요, 주인님."

"잠시만 기다려 봐!"

민재는 초조하게 소리쳤다.

영토는 더러움을 용서하지 않는다.

망가진 물건은 순식간에 고쳐지고 상처는 치유된다. 그러한 기능이 살아 있다면 프롬의 상처 정도는 단번에 회복될 것이다.

그러나 프롬의 상처는 변함없었다.

"이게 어떻게 된 일이야?"

민재는 황당해졌다.

사라와의 대전에서 이겼다.

그 보상으로 거대한 힘을 소유하게 될 줄 알았다.

한데 난데없는 이변이라니!

프롬이 손을 뻗었다.

온통 붉은 피로 가득한 손이 민재의 뺨을 만졌다.

그리곤 우울한 얼굴로 말했다.

"소화할 수 없었습니다. 죄송합니다, 주인님."

"소화?"

이게 무슨 말인가?

민재는 머리를 맹렬히 굴렸다.

추측? 가능했다. 너무 많아 골라내기 어려울 지경이었다.

그러나 가장 일리 있는 단서는 프롬의 말이었다.

'소화라니? 사라와 블랑스를 통해 얻게 된 힘이 너무 강해서인가?'

민재는 수많은 전장을 이겨 낸 역전의 용사였다.

하나 사라의 영토는 엄청나게 컸다. 결코 민재의 것에 비할 바가 아니다.

사라가 시즌 1의 우승자이기 때문이다. 블랑스 역시 마찬가지.

둘의 영토를 합친 것만큼, 민재가 얻게 된 힘은 실로 엄청날 터.

이는 민재의 영토가 가진 힘을 몇 배나 초과할 것이다.

영토의 화신이나 마찬가지인 프롬이 버텨 낼 수 없을 정도로 받아들인 힘이 컸기에 이변이 발생한 게 아닐까 싶었다.

"시간이, 필요합니다, 주인님."

프롬이 힘겹게 말했다.

"시간?"

"네, 힘이 너무 커 소화할 시간이 필요합니다."

"얼마나 필요하지?"

"적어도 한 달은……. 예상할 수 없습니다. 힘의 크기를 측정할 수 없어요."

"알았어. 내가 어떻게 하면 되지?"

"본채로 데려다 주세요."

민재는 프롬을 안아 들었다.

그리곤 달리듯 움직여 폐허로 변한 본채로 들어갔다.

계단도 복도도 엉망이었으나 삼층까지 갈 수는 있었다. 집무실은 멀쩡했다.

의자에 프롬을 앉히자, 그는 스르륵 눈을 감고 잠들었다.

죽지는 않았을 것이다.

회복할 힘을 보충하기 위해 동면에 들어간 게 아닌가 싶었다.

'제기랄!'

이게 무슨 일인가!

분노가 피어올라 머리를 잠식했다.

전장 시스템을 만든 신을 죽이고 싶어질 정도였다.

으드득!

민재는 주먹을 움켜쥐었다.

뭔가 내려치고 싶었으나 그렇게 할 수 없었다.

영토를 회복시키기 위해 노력 중인 프롬에게 해가 갈까 싶어서였다.

[전장은 끝났다.]

팍살라의 목소리가 들려왔다.

"나도 알아!"

[목표 없는 분노는 결국 마음을 병들게 할 뿐이다.]

"후우."

민재는 숨을 내쉬었다.

팍살라의 말이 맞았다.

지금은 화를 억눌러야 할 때.

민재는 걸으며 말했다.

"넌 아무런 이상이 없어?"

[내 몸은 건강하군.]

본채 밖으로 나오자 우뚝 서 있는 팍살라와 풍룡이 보였다.

"프롬이 보호해 준 건가?"

[그렇겠지. 대지는 엉망이 되더라도 미니언은 온전하니.]

곰들과 퍼스파, 사령술사도 멀쩡했다.

풍룡이 말했다.

[걱정하지 말아라. 시간이 모든 것을 해결해 줄 것이다.]

"고마워."

"주인님, 복구 작업을 할까요?"

사령술사가 말했다.

"뭘?"

"무너진 건물을 다시 세우는 일은 어떻습니까?"

"글쎄……."

대지 자체가 엉망이 되었는데 돌 쌓는다고 나아질까 싶었다. 그래도 할 수 있는 일은 해야 하겠지.

"해."

"네, 알겠습니다."

사령술사가 즉시 움직였다.

곰들과 퍼스파도 그를 따라 무너진 돌 더미로 다가갔다.

팍살라와 풍룡은 천천히 물러나며 말했다.

[갑자기 통증이 밀려드는군. 잠을 자야겠어.]

[나 역시. 반지를 열어 주게.]

"피곤하지 않은 거 알고 있어."

민재의 말에 두 드래곤은 뜨끔한 표정을 지었다.

"너희도 동참해."

[싫다!]

두 드래곤은 즉시 날아올랐다.

민재의 손아귀에서 벗어나려는 의도일 것이다.

하나 민재는 그들의 주인이 아닌가?

게다가, 민재는 예전의 민재가 아니었다.

"멈춰!"

우뚝!

두 드래곤의 날갯짓이 멎었다.

공중에서 정지한 채 그들은 민재의 눈치를 살폈다.

"내려와."

나직한 말에 두 드래곤은 조용히 땅에 내려섰다.

어제까지만 해도 말을 듣지 않았던 드래곤들이었다.

하나 지금은 순한 양과도 같다.

그만큼, 전투력 차이가 현격했다.

새로워진 민재의 몸은 두 드래곤을 넘어설 정도로 강인해진 것이다.

꽈드득!

민재는 주먹을 움켜쥐었다.

엄청난 힘이 느껴졌다.

가히 압도적이라 할 정도로 강력한 파괴력.

말을 듣지 않았던 팍살라조차 눈치를 볼 정도로 민재의 전투력은 높아졌다.

좌르륵!

민재는 상태창을 열었다.

체력, 공격력, 심지어 이동 속도마저 판이했다.

과거보다 족히 다섯 배는 강해졌다.

영토는 엉망이 되었으나, 민재는 사라와 블랑스의 힘을 가지게 된 것이다.

물론, 모든 힘을 이어받지는 못했다. 대략 절반 정도.

이마저도 프롬의 배려가 없었다면 불가능했을 힘이다.

그래도, 이 힘만으로 두 드래곤을 압도할 수 있다.

전장에서도 둘의 협공을 막아 낼 수 있을 정도인데, 이곳은 민재의 영토가 아닌가?

사라처럼 스킬을 바꿔 가며 사용할 수 있는 환경이니만큼, 민재는 두 드래곤을 상대로 싸우더라도 능히 이길 수 있을 것이란 자신감이 생겨났다.

"일해."

민재의 말에 드래곤들의 몸이 경직되었다.

[봐주면 안 되겠나?]

[내 허리를 보게. 이게 드래곤 허리인가?]

민재는 말없이 노려보았다.

두 드래곤은 잠시 딴청을 피우는가 싶더니 곧 어깨를 늘어뜨리고 움직였다.

[망할 놈.]

팍살라의 중얼거림이 들려왔다.

민재는 미니맵을 살폈다.

최대한 맵을 확대시키자 영토가 눈에 들어왔다.

폐허로 변했으나, 크기는 네 배나 넓어졌다.

시야를 영토 끝자락으로 가져가자 기이한 모습이 포착되었다. 조금씩이긴 하지만 영토가 넓어지고 있는 것이다.

'적어도 한 달이라.'

민재는 그 시간을 기다릴 수 없었다.

전장의 끝이 다가옴을 본능적으로 깨닫고 있었다.

이제 머지않았다.

김철수와의 대전도 예약이 된 것이나 다름없다.

'김철수를 이길 수 있을까?'

아마 어려울 것이다.

강해졌으나, 그보다 김철수는 더 강하다.

영토가 엉망이 되어 시설을 제대로 사용할 수조차 없다. 게다가 동료들의 안위는 어쩌란 말인가.

'화해를 해? 하지만……'

김철수가 호의적으로 나온다는 보장이 없다.

민재는 미냐세에게 메시지를 보냈다.

그리곤 잠시 후 화상 채팅창을 열었다.

"아! 민재!"

네모난 창 속에서 미냐세가 반가운 얼굴로 소리쳤다.

그 뒤로 다른 동료들이 보였다.

민재의 요청에 따라 미냐세의 영토로 모두 모인 것이다.

"무사하군요, 다행입니다."

"큰 이익을 보았소. 그런데 영토가 이상하오만?"

비누엘이 말했다.

화상 채팅창으로 보이는 민재의 영토가 엉망이기 때문이리라.

"일이 생겼습니다."

민재는 설명했다.

말이 끝나자 동료들의 표정이 어두워졌다.

"건강에는 지장이 없소?"

"네, 오히려 너무 강해져서 문제랄까요?"

농담하듯, 민재는 자신의 상태를 설명했다.

동료들의 입이 벌어지기 시작했다.

팍살라보다 더 강해졌다니, 믿을 수 없을 것이다.

"영토가 불안하니, 초대할 수 없습니다. 당분간은요."

"알겠소, 다음 전투를 준비하고 있겠소."

"몸조심해!"

미냐세의 말을 끝으로 민재는 채팅창을 닫았다.

그리곤 공간을 이동했다.

파아앙!

눈앞이 빨려들듯 한 점으로 찌그러졌다.

그것이 끝나자 민재는 원룸으로 이동해 있었다.

스윽.

민재는 손가락으로 책상을 훑었다.

최근 청소를 하지 않아 먼지가 가득했다.

청소를 해야겠지만, 그보다 먼저 확인할 것이 있었다.

꾹.

민재는 텔레비전 리모컨을 눌렀다.

채널을 돌리다 보니 뉴스가 나왔다.

하지만 의심했던 영상은 없었다.

지구에서 영토와 전장을 볼 수 있지 않을까 싶었는데 다행히 차단 막이라도 있는 모양이었다.

냉장고에서 물을 꺼내 마시자 피곤이 몰려들었다.

전장에서 보낸 시간이 너무 급박했었다.

민재는 침대에 누웠다.

❖   ❖   ❖

새벽이 되자 자연스레 눈이 떠졌다.

전장에 소환된 이후 잠자는 시간이 줄어들었다.

체력이 높아진 만큼 잠자고 쉬는 시간이 줄어든 것이다.

그런데 몸이 한 번 더 변했다.

이제는 한 시간도 채 되지 않아 수면 시간이 끝났다.

"뭐라도 좀 먹어야겠네."

아직 새벽이라 창밖이 캄캄했다.

식사를 마치곤 청소를 시작했다.

영토로 돌아가 복구를 도울 수도 있었으나 생각을 정리할 시간이 필요했다.

'어떻게 하지?'

영토가 엉망인데 김철수와 싸워야 할까?

물론 그가 하는 행동을 잠자코 지켜볼 수만은 없다.

그렇다고 해서 그와 싸우기도 난감하다.

이기고 지는 것을 떠나, 프롬이 걱정되었다.

지금도 프롬은 인사불성일 것이다. 한계를 넘어선 이익은 도리어 불이익이 되어 돌아온다.

김철수를 이기게 되면? 그의 엄청난 힘을 프롬이 온전히 흡수할 수 있을까?

후우.

한숨을 내쉬며 민재는 빗자루를 움직였다.

간간이 텔레비전 채널을 돌렸지만 변화는 없었다.

뉴스는 일상과도 같았다. 평소와 같은 사건, 사고.

그러나 6시가 되자 세상이 달라졌다.

—보이십니까? 믿을 수 없는 광경입니다.

텔레비전에는 깔끔하게 양복을 입은 두 남자가 데스크에 앉아 미국 방송을 보며 실시간으로 통역을 하고 있었다.

미국인들은 경악한 표정으로 떠들었다.

화면은 곧 기이한 것을 비추었다. 확대한 모습이라 화질은 좋지 않았다.

그럼에도 가운데 있는 물체는 잘 보였다.

공중에 떠 있는 거대한 섬. 그리고 그보다 수십 배는 더 큰 대륙.

그 가운데엔, 기이한 빛으로 이루어진 필드가 보였다.

전장이었다.

몇 시간 전, 사라와 싸웠던 전장의 모습이 텔레비전 속에 나오는 것이다.

—다시 말씀드리지만, 이 화면은 조작된 것이 아닙니다. 천문 연구원에서 찍은 영상으로…….

온갖 억측이 난무했다.

—대체 이들은 누구일까요?

그들은 화면을 바꾸었다.

이번엔 지구에서 올려다보며 찍은 영상이 아니었다.

위에서 전장을 내려다보는 각도.

분명 인공위성 같은 것으로 촬영한 영상이리라.

화면은 곧 확대되었고, 싸우고 있는 거대한 로봇과 붉은 드래곤이 나타났다.

—드래곤! 보십시오! 신화에서나 나오던 드래곤이 있습니다!

진행자가 소리쳤다.

'뭐야…… 이게!'

민재는 입을 벌렸다.

설마 했는데, 역시나.

전장의 존재를 지구인들이 알아 버렸다.

민재는 즉시 컴퓨터를 켜 검색을 시작했다.

사이버 공간은 이미 난리가 나 있었다. 한국 시간으론 아침 6시지만, 미국은 전날 오후 4시에 불과한 것이다.

등록된 영상마다 전장이 보였다.

그중에 한 영상은 민재의 것이었다.

―이 붉은 기사는 누구일까요? 화룡의 지배자? 그가 네 크워크 괴담의 주인공인 레드 바론인 걸까요?

'레드 바론?'

민재는 황당해졌다.

화질이 희미하긴 했으나, 분명 자신의 영상이었다.

민재는 김철수를 꾀어 내기 위해 능력자 부하를 만들었 다. 그리곤 자신을 소개했었다. 화룡의 지배자인 레드 바론 이라고.

아마 스무 명의 능력자 중 하나가 괴담을 뿌린 모양이었 다.

게다가 동영상마다 악질적인 댓글이 달려 있었다. 레드 바론이 다른 차원에서 온 침략자라느니, 세상을 집어삼킬 악마라느니.

'게임 룰로 이뤄지는 전장?' 말이 안 된다는 의견부터, 레드 바론이 이끄는 무리가 지구인으로 추정되는 금발 여성을 이겼으니 세상이 곧 파멸할 거라는 억측까지, 폭발적으로 많은 댓글이 실시간으로 달리고 있었다.

'엉망이군.'

민재는 이마를 짚었다.

일이 예상과 다르게 흘러가고 있었다.

필드가 형성될 때 지구에서 관측당할지도 모른다는 생각은 들었다.

하나 지구에서 망원경으로나 볼까 싶었지, 인공위성에 촬영당할 줄은 몰랐었다. 자신이 싸우는 광경까지 생생하게 말이다.

이는 초능력자 동영상과는 본질적으로 달랐다.

개인이 핸드폰으로 찍은 것과는 달리 공인된 영상이기 때문이다.

물론 시간이 지나고 나면 조작설이 불거지고 사건은 조용히 묻힐 수도 있다.

하지만 김철수가 가만히 있지 않을 것이다.

어떻게든 행동할 것이 빤하고, 결과는 좋지 않은 쪽으로 이어질 것이다.

'이러고 있을 때가 아니야.'

행동해야 했다.

하지만 어떻게?

김철수가 어떤 반응을 보일지, 자신은 어떻게 행동해야 할지, 판단할 수 없었다.

머리를 쥐어짜는 그때.

미국 방송에서 긴급 뉴스가 나오기 시작했다.

―까아악!

비명이 터지는 가운데, 화면엔 한 건물이 보였다.

높진 않으나 넓고 거대한 건물.

미국 국방성인 펜타곤이었다.

평소처럼 평온하고 엄숙한 분위기가 아니었다. 사방에서 폭발이 일어나고 불길이 치솟았다. 건물은 무너지고 풀밭은 파헤쳐졌다.

여성 앵커는 소리쳤고 화면이 어지럽게 돌아갔다.

그 중심엔 붉은 것이 보였다.

'꽉살라?'

민재는 순간 자신의 눈을 의심했다.

영토에 있어야 할 꽉살라가 펜타곤을 공격하고 있다니.

하나 곧 깨달았다.

꽉살라는 싯누런 불길을 뿜어내지 않는다.

한데 영상 속의 붉은 드래곤은 황금색의 브레스를 뿜어내고 있었다.

풍룡도 아니었다. 그의 브레스는 푸른빛에 가깝다.

자신의 피부와 똑같은 색의 브레스를 뿜어내는 게 드래곤이다.

그렇다면 저것은.

'골드 드래곤?'

저것의 정체가 무엇이든, 왜 별안간 나타나 펜타곤을 공격한단 말인가?

의심은 짧았고 추측은 명확해졌다.

골드 드래곤에 타고 있는 자가 눈에 들어왔기 때문이다.

'김철수!'

그가 아니면 누가 드래곤을 수족처럼 다룰 수 있단 말인가.

대체 왜 펜타곤을 공격하는지조차 의문이었으나, 그보다 더 민재를 당혹하게 만드는 것이 있었다.

'왜? 대체 왜 붉은 갑옷이냐!'

김철수는 민재의 것과 흡사한 붉은 갑옷을 입고 있었다.

아마도 스킨이겠지.

겉모습은 바뀌나 본질은 변함없는 전장의 아이템.

하나 김철수가 왜 자신의 모습으로 테러를 하는지, 그것까지는 이해가 가지 않았다.

머리가 엉망이 되어 가는 그때.

콰앙!

엄청난 크기의 불길이 치솟더니 펜타곤이 통째로 터져 나갔다.

앵커의 비명이 이어지고 나자, 화면에 김철수가 나타났다.

위압적인 붉은 기사의 모습을 한 그가 카메라로 다가왔다.

덜덜 떨리는 화면에 멈춰 선 그가 보였다.

—나는 레드 바론! 인간이여, 공포에 떨어라.

묵직한 목소리가 끝나자 그는 곧 허깨비처럼 사라졌다.

'……이건 대체?'

민재도 화면 속의 기자도, 모두 멍하니 말을 잇지 못했다.

먼저 정신을 차린 자는 기자였다. 그는 미친 듯 떠들며, 사라진 레드 바론의 정체를 추측했다.

민재는 머리를 싸맸다.

"김철수! 뭐 하는 짓이냐!"

그가 하는 행동을 이해할 수 없었다.

별안간 미국에 테러를 하다니.

김철수는 전장의 능력을 세상에 보이기 싫어하는 부류가 아니었던가.

그런데 그가 왜, 갑자기 미국의 요충지를 공격한단 말

인가.

'설마…… 전장의 영상이 공개되어서?'

초능력자 동영상을 퍼트렸을 때와는 달랐다.

불분명한 사건이 아닌, 명확한 현실이 되었기 때문이리라.

이제 세계인은 과학을 초월한 힘을 가진 자들이 세상에 존재한다는 사실을 알게 되었을 것이다.

지금 와서 숨기려고 해도 소용없다.

일이 이렇게 된 마당이니.

'굳이 힘을 숨길 필요가 없다는 뜻인가?'

김철수는 세계를 지배하려 하는 자다.

민재 마음에는 들지 않지만, 그래도 그의 계획은 비교적 온건한 방법이었다. 적어도 사람을 학살하고 다니지는 않으니 말이다.

한데 김철수의 행동이 변해 버렸다.

더 과격해지고, 힘을 숨기기보다 과시하는 쪽으로.

안 좋은 방향이다.

이 방향이 김철수에게도 더 쉬운 것이리라. 머리 아프게 계획하느니 힘으로 누르는 게 더 편하지 않던가.

여기까지는 어느 정도 이해할 수 있으나.

'레드 바론이라니?'

왜 자신을 레드 바론이라 칭한 것인지까지는 도무지 알
수 없었다.

민재는 김철수와 직접 만난 적이 없다.

사령술사를 통해 잠시 이야기를 나누었을 뿐이니 김철수
가 레드 바론이라는 이름을 알 까닭이 없다.

민재는 머리를 굴렸다.

그 이름을 아는 자는 민재 자신과 동료들.

'사라? 아니야.'

사라가 김철수에게 자신의 정체를 알려 주었을 수도 있
다. 하나 그보다 더 의심이 가는 자들이 있었다.

'설마 능력자들이?'

김철수를 꾀어내기 위해 프리 미니언으로 등록했던 스무
명의 게임 고수들.

인터넷 댓글만 보아도 알 수 있다.

그들 중 누군가가 레드 바론에 대해 발설했다.

민재는 능력자들을 규제하지 않았다. 그렇기에 그들 중
일부가 떠벌이일 가능성이 있다.

민재는 즉시 자신의 프리 미니언 목록을 확인했다.

'두 명이?'

지구에 있는 자들을 확인하자, 두 명이 사망 판정을 받
은 뒤였다.

사망 시각은 새벽 0시 15분 정도.

민재가 전장에 있던 시간이었다.

죽은 자는 딜러 둘이었다.

탱커가 아니라 체력이 낮은 감이 있지만, 이들조차 일반인에 비해 육체적 능력이 뛰어나다. 쉽게 죽을 자들이 아닌데 비슷한 시각에 둘이나 죽다니.

이유는 빤하지 않은가.

'김철수가 죽였군.'

어떻게 김철수가 이들의 정체를 알게 되었는지는 알 수 없었다.

다만 확실한 점은 김철수가 이들을 만났고, 협박을 해서라도 민재에 대한 정보를 입수했을 것이다.

한데, 왜 레드 바론을 사칭하는지……

민재는 원룸 바닥에 앉아 추측을 시작했다.

쉽게 결론이 나지 않았다. 정보가 너무 없었다.

그래도 의심 가는 것은 생겼다.

'설마, 나를 악역으로 내세울 작정인가?'

김철수는 말했었다.

"결핍이 없으면 고마움을 모르는 게 사람이라는 동물이니까."

'나를 사칭해 사람들을 힘들게 하고, 나를 이겨 세상을 구한다.'

이제 김철수의 행동을 이해할 수 있었다.

영웅.

그는 영웅이 되는 것이다.

민재를 세상에 다시없을 악당으로 만들고, 자신은 세계의 지배자가 된다.

'나쁜 놈…….'

김철수를 막아야 할 이유가 늘었다.

타인을 위해서라도 그의 행동을 저지해야 하지만, 민재스스로를 위해서도 필요하다.

하지만.

그를 막을 수 있을까?

민재는 강해졌다.

사라와 블랑스의 힘 일부를 얻어 엄청난 힘을 지니게 된 것이다.

하나 김철수와 자웅을 겨루기엔 부족했다.

사라의 경우만 보더라도 충분히 알 수 있는 일이다.

시즌 1의 우승자가 가진 시설물의 힘.

그것은 전장의 법칙을 뒤바꿀 정도로 실로 엄청난 힘이 아니던가.

민재가 그 힘을 사용할 수 있다면 모를까, 지금처럼 영토가 엉망이 된 상태라면 김철수를 이길 수 없다.

사라를 이긴 것도 요행이 있었기 때문.

다음 전장에서도 행운이 따를 거란 보장이 없다.

게다가 김철수는 시즌 1의 우승자인 동시에 시즌 2의 플레이어이지 않은가. 그가 가진 힘은 사라와 블랑스를 충분히 넘어설 것이다.

냉정히 전력을 평가해 보아도 승리할 확률이 거의 없다.

그러니 이성적으로 판단한다면, 대전을 회피하는 것이 옳다.

하지만 그럴 수 없다는 게 문제다.

이대로 김철수가 하는 꼴을 잠자코 지켜보기만 한다면?

언젠가는 자신의 정체가 들통 나고 말 것이고, 죽임을 당하고 말리라.

'어떻게든 막아야 하는데.'

가장 좋은 방법은 김철수의 테러를 막는 것이다.

동시에 그가 연기하고 있는 레드 바론은 초능력자 동영상의 레드 바론과 다른 인물이며, 그는 세상을 지배하려는 악당, 김철수라는 사실을 세상에 알리는 것이다.

하나 이를 위해선 자신이 진짜라는 것을 보여 주어야 했다.

김철수와 자신이 한 위치에 동시에 나타나 레드 바론이 둘이라는 사실을 알려야 하는 것이다.

팍살라와 풍룡의 힘이라면 김철수를 죽일 수는 없어도 방해하는 것 정도는 가능하리라.

하나 이는 자신의 정체가 들통 나고 만다는 치명적인 단점이 있다.

김철수가 정보창을 통해 이민재라는 이름을 알게 되면 그땐 어떻게 행동할지 예측할 수 없다.

그러니 민재는 김철수의 테러를 막을 수 없게 되는 것이다.

'딜레마군.'

김철수를 막을 수도 없고, 가만히 지켜볼 수도 없다.

프리 미니언을 자신처럼 꾸며 보낸다?

김철수에겐 상대도 되지 않을 것이다.

머리를 골똘히 굴려 보아도 마땅한 방법이 떠오르지 않았다.

이대로 김철수가 하는 꼴을 지켜보기만 해야 하는가.

"후우."

민재는 한숨을 내쉬었다.

그리곤 원룸 바닥에서 일어났다.

스윽.

'없다면 방법을 만들어 내야겠지.'

지금까지 그래 왔다.

절망적인 상황이 매번 닥쳤지만, 억지로라도 돌파구를 만들어 냈다.

'사라의 시설을 사용할 수 있다면?'

자신의 이름을 고쳐 쓰면 정체가 김철수에게 발각될 위험이 사라진다.

물론 지금은 사라의 힘을 사용할 수 없다.

하지만 프롬이 깨어나고, 어느 정도 정신을 차리면 가능할지도 모르지 않은가.

'영토로 가 봐야겠어.'

파앙!

민재는 공간을 뛰어넘었다.

착!

영토에 발을 디디자, 폐허만 눈에 들어올 뿐이었다.

무너진 성벽을 복구하고 있는 프리 미니언들이 보였다.

그러나 어디에도 팍살라와 풍룡의 모습은 보이지 않았다.

'놀고 있나?'

민재는 미니맵 시야를 넓혀 나갔다.

그러자 영토 한곳에 있는 드래곤 두 마리가 보였다.

둘은 날개를 접은 채 마주 보곤 한숨짓고 있었다.

풍룡이 먼저 말했다.

[결론은 나지 않았나? 이제 끝이네.]

그는 고개를 떨구었다.

그러나 팍살라는 뒷발을 신경질적으로 움직여 바닥을 긁었다.

[흥. 놈이 강해졌다고는 하나, 아직이야. 정식으로 승부를 내지 않았으니 명령을 들어야 할 이유도 없지 않은가?]

[하지만 발각되면 치도곤을 치를 걸세. ……허험.]

풍룡은 즉시 입을 다물었다.

팍살라 역시 마찬가지였다.

둘은 눈을 껌뻑거리더니 곧 이쪽으로 날아오기 시작했다.

민재가 미니맵을 통해 지켜보고 있다는 사실을 이제야 알아차린 것 같았다.

'역시 농땡이를 피우고 있었군.'

남은 마음이 급해 죽겠는데, 일하기 싫어 빈둥대다니.

혼을 내줄까 싶었지만, 접었다.

그럴 기분이 아니었다.

[왔는가?]

드래곤 두 마리가 민재의 앞에 내려섰다.

"프롬은 어때?"

물음에 팍살라가 답했다.

[아직 자고 있다.]

[하지만 나아진 것도 있지.]

풍룡이 한곳을 가리켰다.

그곳으로 미니맵 시야를 옮기자 복구된 시설물이 보였다.

수련장과 창고, 무덤과 제단이었다.

폐허가 된 대지 위이긴 하나 멀쩡하게 서 있는 건물들을 보자 한결 마음이 놓이는 민재였다.

"기능이 약간은 돌아온 건가?"

[그렇다. 분명히 말하지만, 축성은 도움이 되지 않았다.]

팍살라의 말이었다.

프리 미니언들이 돌을 쌓는 일은 영토 복구에 도움이 되지 않다는 뜻이었다.

"알았어."

민재는 복구된 시설로 걸어갔다.

창고의 문을 열자 잘 진열된 물품들이 보였다.

전장에서 얻은 것들도 있고 상점에서 구입한 것들도 있다.

영토는 파괴되었으나 그 안은 멀쩡했다. 먼지 하나 없이 새것처럼 빛을 발하는 아이템들이었다.

'이번 주 내에 시설을 모두 복구할 수 있을까?'

답은 프롬만이 알 것이다.

[어찌할 생각인가?]

팍살라가 물었다.

여러 가지가 내포된 질문일 것이다.

김철수를 어떻게 하느냐, 이것이 가장 큰 의문이겠지.

"아직 모르겠어."

[흠. 조언하자면, 싸우는 게 좋을 것이다.]

"싸우라고?"

민재는 팍살라를 쳐다보았다.

강직한 그의 얼굴은 진중했다.

농담이 아닌 진담.

농담을 즐기는 그이지만, 조언할 때는 드래곤다웠다.

전장 시스템에 의해 부활한 드래곤이긴 하나, 그의 본신은 수천 년을 살아온 현자이지 않던가.

민재의 마음을 읽고, 스스로 생각하기에 가장 좋은 해결책을 제시한 것이리라.

"이유는?"

[시간이 부족하다.]

[전장의 끝이 멀지 않았다면 믿겠나?]

풍룡의 표정도 깊었다.

"끝이라……."

민재도 느끼고 있었다.

프롬이 영토를 완벽히 복구시키기까지는 한 달 정도.

그 시간은 전장에 네 번이나 참여할 수 없는 시간이었다.

김철수는 논외로 치더라도, 다음 전장, 혹은 그다음 전장이 마지막일 수도 있지 않은가.

마지막 전투에서 승리자가 되지 못하면 어떻게 될까?

어떤 일이 생길지는 알 수 없다.

'죽음. 혹은 기억을 잃고 능력마저 사라지겠지.'

하지만 이 두 가지가 가장 확실한 미래이리라.

민재는 그런 미래를 원하지 않는다.

어떻게 해서든 생존하고 이겨서 마지막 승리자가 되고 싶은 것이다.

그러려면 김철수를 물리쳐야 한다.

쉴 틈이 없다.

[다음 다음 전장은 일반 게임이다. 그 전장은 회피할 수 없다.]

풍룡의 말에 민재는 창고 안으로 걸음을 뗐다.

"김철수를 이기면 영토가 더 개판이 될지도 몰라."

이미 프롬이 수용 가능한 한계치를 넘어섰다.

여기서 김철수가 가진 것들까지 얻게 되면?

영토가 얼마나 더 망가질지 예상할 수 없지 않은가.

[그래도 어쩔 수 없지. 어차피 마지막엔 김철수와 같은 전장에서 만나게 될 것이다. 그가 적군으로 참여한다면 어떻게 하겠는가…….]

"그렇겠지."

지금 김철수를 처치하지 않으면, 나중에 더 힘들어질 수도 있다.

그 사태를 막으려면?

전투 준비를 해야 한다.

'그리고 김철수와 싸운다.'

다른 선택은 없다.

오직 투쟁뿐.

마음을 잡은 민재는 천천히 걸어갔다.

그리곤 구슬 하나를 집어 들었다.

불그스름한 빛의 구슬은 한 손에 들어오지 않을 정도로 컸다.

그것을 보며, 민재는 착잡한 표정을 지었다.

'못 쓸 줄 알았는데…….'

지난 일반 게임에서 얻게 된 구슬.

이 안에는 엄청난 놈의 영혼이 깃들어 있다.

바로 해룡의 영혼.

전장에 참여한 모든 플레이어들에게 공포를 선사했던, 막강한 힘을 가진 이계의 야수다.

[그놈을 살릴 셈인가?]

팍살라가 물었다.

"그래."

해룡의 영혼을 프리 미니언으로 만드는 일은 예전에도 가능했다.

하지만 민재는 그러지 않았었다.

해룡이 가진 힘이 너무나도 컸기에 두려웠던 것이다.

팍살라보다 훨씬 강할 것으로 예상되는 바.

해룡을 되살리면, 그는 자신보다 약한 민재의 명령을 듣지 않을 것이고, 결국 영토는 난장판이 되고 말 것이다.

하나 이제는 자신감이 생겼다.

팍살라를 압도할 정도로 강해졌으니, 해룡도 컨트롤할 수 있지 않을까 싶어서다.

민재는 그것을 들고 창고를 나왔다.

그리곤 제단으로 걸음을 옮겼다.

붉은 구슬을 제단 위에 올리고 뒤로 물러섰다.

그리곤 시스템창을 열었다.

[해룡의 영혼을 프리 미니언으로 등록하시겠습니까?]

민재는 대답을 미루고 뒤를 돌아보았다.

두 드래곤이 호기심 어린 표정으로 제단을 지켜보고 있었다.

"말을 듣지 않으면, 알지?"

[맨입으로 도우라는 말인가?]

"맨입으로."

[흥, 그리 부탁하니 안 들어줄 수 없군.]

'수락.'

그으으으!

대기가 덜덜 떨리기 시작하더니, 곧이어 엄청난 진동이 발생했다.

지진이 일어난 듯 땅이 요동치고 공기는 부들부들 떨었다.

제단에서 피어오르던 연기는 갑자기 폭발적으로 많아졌다.

그것은 사방으로 퍼지다가 응축되더니 곧 거대한 형상을 만들어 냈다.

실로 엄청났다.

시야를 가득 덮을 정도로 몸집이 큰 것은 물론이고, 푸르고 붉은색의 거친 비늘 더미는 악마가 세상에 강림한 듯 공포스러웠다.

손과 발도, 날개조차도 없어 뱀과 같았지만 거대한 덩치
만큼은 어마어마했다.

그것에서 짐승처럼 으르렁거리는 소리가 들려왔다.

그르르르르!

자비라고는 조금도 없을 듯한 야성.

노려보듯 붉게 빛나는 두 눈은 조금의 미동도 없이 이쪽
을 향했다.

민재는 시스템창을 열어 그의 능력을 확인했다.

'역시, 강하군.'

적어도 육체 능력만은 팍살라를 압도했다.

똑같은 드래곤이지만, 공격력과 체력 등 모든 면에서 팍
살라와 풍룡을 뛰어넘었다.

다만 주문력은 낮았다.

브레스의 강함과 직결되는 능력치인 만큼, 해룡은 브레
스를 사용할 수는 없는 것 같았다.

[무식한 놈이군.]

[그래도 일 하나는 잘하게 생겼지 않은가?]

그르르르!

해룡이 으르렁거렸다.

"네 이름은?"

놈은 대답하지 않고 민재를 노려보았다.

"이름이 없나?"

드래곤들은 이름을 부질없다고 생각한다는 점이 떠올랐다.

"편하게 해룡이라고 부를게."

[좋다.]

머릿속에 묵직한 음성이 울렁거렸다.

해룡의 목소리일 것이다.

"나는 이민재. 일단은 네 주인이라고 해 두지."

[알고 있다, 주인이여.]

"어? 주인으로 인정하는 거야?"

[그렇다.]

대답은 짧았다.

하나 명확해졌다. 자신의 강함을 해룡이 인정한 것이다.

"그럼 네가 무엇을 할 수 있는지 알려 줄래?"

[파괴.]

놈은 꿈틀거렸다.

몸집에 비하면 작은 움직임이었으나, 민재에겐 거대하게 다가왔다.

몸을 덮고 있는 비늘이 칼날처럼 부딪치며 기괴한 소음을 만들어 내는 것이다.

놈은 몸을 접는가 싶더니.

쾅!

돌연 바닥을 치며 옆으로 뻗어 나갔다.

'윽!'

민재는 뒷걸음질을 쳤다.

그만큼 해룡의 돌격이 만들어 낸 파장이 엄청났기 때문이다.

콰르르르르륵!

놈이 질주했다.

폐허가 된 영토를 헤집고 으깨 버리는 모습은 불도저와 같았다.

순식간에 멀어져 미니맵으로 볼 수밖에 없었다.

확대한 화면에 놈이 만든 흔적이 드러났다.

영토엔 거대한 고랑이 생겨나 있었다. 물만 있다면 강을 이룰 정도로 깊고 컸다.

[굼벵이라고 불러야겠군.]

[탱커라고 했던가? 브레스를 뿜을 때까지 앞을 잘 막아 줄 수 있겠어.]

팍살라는 코웃음을 쳤고, 풍룡은 든든하다는 눈빛을 보냈다.

해룡은 곧 돌아왔다.

큰 몸집에 걸맞지 않게, 그는 조용히 민재의 말을 기다렸다.

"대단하군. 다른 건?"

[없다.]

해룡이 할 수 있는 일은 달리는 것뿐인가?

물론 세세하게 따지면 여러 가지가 있을 수 있겠으나, 가장 잘할 수 있는 일은 돌격인 것 같았다.

"알았어. 일단 쉬고 있어."

해룡은 즉시 눈을 감았다.

민재는 다른 드래곤들에게도 말했다.

"너희도 좀 쉬어."

[당연한 일을 생색내지 말도록.]

그들은 날아올라 멀어져 갔다.

민재는 본채로 향했다.

집무실로 들어서자 누워 있는 프롬이 보였다.

민재는 프롬의 얼굴을 만졌다.

혈색은 좀 나아진 것 같으나 여전히 인사불성이었다.

'프롬이 깨어나기 전까지는 어떤 행동도 할 수 없어.'

김철수를 막는 일은 그다음.

지금은 기다리며 전략을 구상할 때다.

❖   ❖   ❖

프롬은 사흘이 지나고 나서야 눈을 떴다.

무척 힘없는 얼굴로 깨어난 그는 미소부터 선보였다.

"일어났습니다, 주인님."

"몸은 괜찮아?"

"아직요. 하지만 좋아졌습니다."

안색은 좋아졌다.

터졌던 배도 아물었다.

다만 아직도 정상은 아니었다.

임산부처럼 크게 부풀어 있었다. 사라에게 얻은 힘을 아직 다 소화하지 못했다는 증거이리라.

"자는 동안 몇 가지 시설을 복구했습니다."

"잘했어. 그럼 사라와 블랑스의 시설은 어떻게 되었지?"

"그건 아직입니다."

"이번 주까지 가능할까?"

"죄송합니다, 주인님."

프롬의 얼굴이 어두워졌다.

민재는 난감해졌다.

프롬이 사라의 시설을 복구하면 김철수를 맞을 생각이었다.

지난 사흘 동안 김철수는 레드 바론의 이름으로 수많은

테러를 감행했다.

유럽과 러시아를 난장판으로 만들고, 중국과 일본을 처참하게 부쉈다.

다행히 한국은 안전했으나, 이는 시간문제.

테러는 김철수의 프리 미니언이 세력을 형성한 곳을 주요 타겟으로 삼았다.

한국 역시 타겟 중 하나이니, 내일 혹은 며칠 뒤엔 한국마저도 테러를 당하고 말 것이다.

그리되면?

테러의 범위에 민재의 원룸은 물론이고 부모님마저 피해를 입게 될지도 모른다.

"곤란하군."

"대신 아이템 능력을 조금 바꾸었습니다."

프롬이 손을 내밀었다.

그러자.

쉬이익!

조그만 두 손 사이에 바람이 소용돌이쳤다.

그것은 곧 육각형의 판을 만들어 냈다.

"플러그?"

민재는 저것의 정체를 알고 있다.

해룡을 처치하여 얻게 된 보상이 아닌가?

스킬을 강화할 수 있어서 전장에서 크게 도움이 되는 아이템이다.

가장 효율이 좋은 스킬은 강탈 스킬이었기에, 그곳에 장착한 후 크게 신경 쓰지 않고 있었다.

그런데 저것이 갑자기 프롬의 손에서 나오다니.

"이걸 어떻게 바꿨다는 말이지?"

"효율을 극대화시켰습니다."

민재는 플러그를 받아 들었다.

그러곤 그것을 강탈 스킬에 장착했다.

차르륵!

플러그는 눈 녹듯 사라지더니 스킬을 변화시켰다.

'이럴 수가! 아이템이 강해지다니?'

강탈은 적에게서 뺏은 아이템을 일정 시간 동안 사용할 수 있게 만들어 주는 스킬이다.

강탈 스킬에 플러그를 꽂으니 스킬이 강화되었다.

빼앗은 아이템의 효율이 두 배로 증가한 것이다.

공격력 100짜리 아이템을, 플러그를 장착한 강탈 스킬로 빼앗으면 공격력이 200인 것이다. 다른 수치 역시 마찬가지로 두 배 증가되었다.

'다른 스킬엔?'

민재는 플러그를 약탈 스킬에 장착해 보았다.

차르륵!

플러그는 약탈마저도 변화시켰다.

적이나 아군의 시체에서 아이템을 빼앗을 수 있는 약탈.

강탈과는 달리 다수의 아이템을 훔칠 수 있는 스킬이나, 그 효율은 급격히 떨어진다.

한데 플러그는 약탈 아이템의 효율을 30%까지 증가시켰다.

'대단하군.'

주변에 시체가 많을수록 민재는 기하급수적으로 강해진다.

플러그 하나로 전투력이 급변하는 것이다.

민재는 다른 스킬에도 장착해 보았다.

스킬을 훔치는 갈취는 빼앗을 수 있는 스킬이 두 개로 늘어났고, 능력치를 훔치는 탈취는 효율이 50%로 올랐다.

그리고 궁극기는.

'골드 폭발?'

스킬 설명이 기이했다.

궁극기의 효능은 변함없으나, 한 가지가 추가되었다.

소유하고 있는 골드를 폭발시켜, 그 양만큼 민재의 공격력을 추가로 상승시키는 능력이었다.

소유한 골드가 1천이라면, 민재의 공격력이 100 상승한다.

'효율이 엄청나잖아.'

전장에서 벌어들인 골드로 아이템을 사는 것보다 폭발시켜서 공격력을 얻는 쪽이 훨씬 효율적이다.

다만 유지 시간이 짧았다. 궁극기가 사용되는 6초 동안만 골드 폭발의 힘이 유효한 것이다.

그 짧은 시간을 생각하면 골드로 아이템을 사는 게 더 현명할 수 있다.

하나 위험한 순간에 궁극기를 사용함으로써 전세를 역전시킬 수 있다는 점에선 상당히 마음에 들었다.

'사용할 수 있는 카드가 하나 더 늘었군.'

전세를 뒤엎는 힘.

지금까지는 두 드래곤과 샤나의 정령 폭발, 셋뿐이었다.

그런데 이제는 해룡도 추가되었고 플러그라는 아이템까지 가졌다.

전장에서 승리할 확률이 대폭 상승한 것이다.

이 정도의 능력이라면, 동료들의 도움 없이도 랭크 게임이 가능하지 않을까?

지금까지 겪어 왔던 일반적인 전장이라면 민재와 프리미니언들만으로 적 수십을 능가할 수 있으리라.

하나 이 정도의 힘을 가지게 되었어도, 앞으로 있을 전투는 혼자 치를 수 없다.

김철수가 가진 힘이 어느 정도인지 예측할 수 없기 때문이다.

'혼자서는 안 될 거야.'

민재는 고개를 저었다.

전장에 독불장군은 없다.

아무리 강해졌어도 동료들이 뒤를 받쳐 주지 않는다면 결과는 패배뿐이리라.

"그런데 프롬. 아이템을 어떻게 바꿨지?"

프롬의 능력은 영토 시설에 기인한다. 민재가 할 수 없는 일은 프롬도 할 수 없다.

그런데 프롬은 민재가 할 수 없는 일을 해냈다.

프롬은 힘겹게 대답했다.

"시즌 1의 시설은 아직 복구하지 못했습니다. 하지만 약간의 힘은 빌릴 수 있었습니다."

"설마, 시스템 교란 능력을 사용한 거야?"

"네. 융합 능력도 발현된 것 같습니다만, 어떻게 해냈는지는 저도 모르겠습니다."

프롬은 우연이라고 말했다.

기절해 있는 동안 자기도 모르게 아이템을 강화시키다니.

"다른 아이템까지는 안 되겠지?"

"네. 지금은 그렇지만, 영토의 힘이 정상이 된 후라면 어떻게 될지는 저도 알 수 없습니다."

"힘을 모두 흡수하면 기적을 일으킬 수도 있다는 말이군."

아직은 추측에 불과하다.

하나 사라와 블랑스의 시설을 모두 사용할 수 있게 되면…… 어떤 일이 벌어질지 기대가 되었다.

"잘했어."

민재는 프롬의 머리를 쓰다듬어 주었다.

인사불성의 상태에서도 주인을 위해 애를 써 준 프롬이 고마웠다.

그 마음을 알아차린 것인지 프롬은 생글생글 웃었다.

"이제는 괜찮아요, 주인님. 영토 복구를 계속하겠습니다."

프롬이 자리에서 일어났다.

그리곤 집무실 의자에 앉아 영토를 관리하기 시작했다.

엉망진창이 된 흙을 평탄하게 하고 풀을 심었다. 파손된 건물의 잔해를 모아 벽을 세우고 지붕을 만들었다.

겉모습만으론 조금씩 예전의 영토를 되찾아 가는 느낌이었다.

그러나 시설이 지닌 고유한 기능까진 되살릴 수 없었다.

힘을 전부 소화시키지 못한 프롬의 능력으론 겉모습만 복구할 수 있었던 것이다.

민재는 프롬이 하는 일을 지켜보다 집무실을 나섰다.

❖   ❖   ❖

목요일이 되었어도 민재의 행동은 변함없었다.

아침에 영토를 둘러본 후 원룸으로 돌아와 인터넷을 확인했다.

김철수는 새벽에 호주와 중동까지 테러를 감행했다. 그의 수법은 점점 과격해졌다.

사상자가 많지는 않았으나 기반 시설이 철저히 파괴되고 있었다.

타겟은 주로 정부 시설과 발전소, 자원 채취 시설, 연구소 등이었다.

정부 시설을 노리는 이유는 국가의 힘을 약화시키기 위해서일 것이다. 발전소와 자원 시설은 에너지나 자원 독점을 위해.

'한데 연구소는 왜 부수는 거지? 과학 기술을 증오하기라도 하나?'

게임을 좋아하는 사람은 더 좋은 그래픽을 원한다.

이는 과학의 발전이 기반이기에, 지구가 원시시대로 돌아가기를 바라는 게이머는 없을 것이다.

김철수는 프로게이머. 그가 과학을 배척하는 이유를 납득할 수 없었다.

'그냥 무차별 테러는 아닐 텐데.'

민재는 검색을 계속했다.

테러는 실시간으로 전해졌다.

오후가 되자 러시아가 테러를 당했다.

엉망이 된 베를린을 보니 사태의 심각성이 실감났다. 이제는 사람이 사는 시가지까지 노리다니.

민재는 펜을 들고 벽에 붙여 놓은 세계지도에 가위표를 그렸다.

'엉망이군.'

가위표가 엄청나게 많았다.

세계 주요 국가는 너나 할 것 없이 엉망이 되어 버렸다.

유가도 폭등했다. 철과 구리 등 지하자원은 물론이고 밀과 쌀 등의 식량까지, 사람에게 필요한 모든 것이 비싸지고 있었다.

'남은 건 한국뿐인가?'

테러는 당하지 않았으나 전국에서 사재기 사태가 벌어지

고 있었다. 마트의 물건은 동났고 군대는 비상 전시 체제에
들어갔다.

전쟁이라도 난 듯한 분위기였다.

'후우.'

민재는 아직도 결정을 하지 못했다.

김철수를 막아야 한다는 생각은 있었으나, 그를 대면하
기 두려웠다.

'전화나 해야겠다.'

요즘 매일 어머니에게 전화가 왔다. 뉴스가 시끌시끌하
니 걱정이 많아진 것이리라.

민재는 휴대폰을 들었다. 연결음만 계속되었다.

통화는 연결되지 않았다.

'어디 나가셨나?'

평일이라도 치킨집은 바쁘게 돌아간다. 얼마 되지도 않
는 수익을 위해 부모님은 기름을 달구고 닭을 튀길 준비를
하신다.

두 분이서 하기에 힘든 일이지만, 아무리 바쁘더라도 전
화를 받지 않으신 적은 없었다.

이상한 일이라고 생각하며 텔레비전을 켜자…….

—속보입니다!

긴급 뉴스가 나왔다.

영상은 바쁘게 돌아가 폭음이 터지는 시가지를 비추었다.

콰앙!

하늘에서 불덩이가 떨어지고 건물 하나가 통째로 무너졌다.

—서울에! 레드 바론이 서울에 나타났습니다!

'뭐라고?'

민재는 텔레비전에 다가갔다.

붉은 용과 기사가 서울 상공을 날아다니며 무차별적으로 시가지를 파괴하고 있었다.

국회의사당은 이미 엉망이 된 후였다. 방송국 하나도 건물이 통째로 날아갔다.

그 모든 파괴를 순식간에 끝낸 드래곤은 한강을 건너 북쪽으로 날아가고 있었다.

하필이면 강북이라니.

그곳은 부모님의 동네가 아닌가.

'김철수!'

콰앙!

민재는 주먹으로 바닥을 내려쳤다.

원룸 바닥이 꺼졌지만, 신경 쓸 겨를이 없었다.

민재는 급히 외쳤다.

"이동!"

쉬이익!

시야가 뒤틀리며 민재를 둘러싼 공간은 원룸에서 영토로 바뀌었다.

그 광경이 눈에 들어오자마자, 민재는 뛰었다.

"모두 모여!"

달리며, 민재는 스킨을 착용했다.

촤아악!

빛이 뿜어지며 면바지와 티셔츠가 사라졌다. 대신 위압적인 붉은 갑옷이 민재의 몸을 빈틈없이 감쌌다.

[무슨 일인가!]

팍살라가 날아왔다.

다른 프리 미니언도 달려왔다. 심령이 연결된 존재들이기에, 민재의 급박한 심정을 알아차리곤 급히 달려온 것이다.

"설명할 시간이 없어!"

파악!

민재는 바닥을 박차고 뛰어올랐다.

공중을 선회하던 팍살라가 땅 가까이 내려와 민재를 태웠다.

민재는 팍살라 목의 비늘을 단단히 잡고 바로 소리쳤다.

"이동!"

파아악!

세상이 다시 변했다.

이번엔 원룸이 아닌 상공이었다.

빌딩이 숲처럼 펼쳐진 도시, 서울.

푸드득!

퍼스파들이 일제히 사방으로 흩어졌다.

민재는 미니맵을 넓혔다.

단숨에 서울 전체가 눈에 들어왔다.

시야가 확장되며 수많은 미니맵 시야 채널이 옆에 생겨났다. 그것들은 무언가를 찾았고, 곧 타겟의 위치를 잡았다. 한데…….

'치킨집이!'

가게가 있던 동네가 통째로 사라졌다.

건물의 잔해와 흙더미뿐, 어디에도 부모님의 모습은 보이지 않았다.

그 위는 더 혼란스러웠다.

번쩍!

황금색 불길이 쏘아지자 미사일 다섯이 공중에서 증발해 버렸다.

뒤따르던 전투기 셋도 황금색 섬광에 묻히더니, 지우개로 지운 듯 푸른 하늘에서 사라져 버렸다.

공격을 한 붉은 생물은 지구에 존재해선 안 되는 이계의 짐승이었다.

파앙!

팍살라의 몸이 쏘아졌다. 엄청난 속도라 바람이 칼날 같았다.

이동은 순식간에 이루어졌고, 팍살라는 곧 멈췄다.

그러자 눈앞에 선회하는 드래곤이 보였다.

붉은 황금색 브레스를 쏘는 존재. 그리고 그 위에 신장처럼 탑승한 붉은 기사.

"김철수!"

소리치자, 바로 화상 채팅창이 펼쳐졌다.

"이민재! 역시 한국인이었군!"

네모난 채팅창 속 붉은 기사가 소리쳤다.

드래곤은 어지럽게 하늘을 날아다니며 전투기를 추락시키고 있었고, 화면 속 김철수는 더없이 즐거워 보였다.

"무슨 짓이냐!"

"네 프리 미니언의 한국인 비율이 높아서 의심하고는 있었지만, 정말 한국인일 줄이야. 이거 반가운걸?"

"대답해!"

"청소를 조금 하고 있었을 뿐이야. 너도 정치인은 싫겠지? 아직 덜 끝났으니 방해하지는 말도록."

"개새끼야!"

민재는 팍살라의 비늘을 움켜쥐었다.

팍살라는 조금도 지체하지 않고 돌격했다.

[간다!]

날개가 접히며, 붉은 거체가 김철수를 향해 쏘아졌다.

슈아악!

단숨에 날아간 팍살라는 브레스를 뿜었다.

화아악!

하늘을 통째로 태워 버릴 정도로 엄청난 열기가 김철수를 덮어 나갔다.

그러나 놈의 드래곤은 빨랐다.

쉬익!

순간 이동하듯 엄청난 속도로 불길을 피한 드래곤은 바로 반격에 나섰다.

번쩍!

황금색 브레스는 빛처럼 빨랐다.

피할 새도 없이, 민재와 팍살라는 브레스에 직격 당했다.

'으아악!'

엄청난 고통이 온몸을 긁었다.

정신이 아찔해질 정도였다. 시야마저 황금색으로 덮여 앞을 볼 수가 없었다.

육안은 잠시 제 기능을 상실했으나, 미니맵 시야는 여전했다.

단숨에 팍살라의 목에서 뛰어올랐다.

파앗!

팍살라가 돌격하는 속도에 점프까지 더해져, 민재의 몸은 총알과도 같았다.

공기를 가르는 시간은 실로 찰나.

붉은 드래곤의 등에 올라타는 즉시.

차창!

민재는 창을 겨누고 김철수에게 돌격했다.

"방해는 용서치 않는다!"

김철수도 창을 찔러 왔다.

섬광처럼 마주 쏘아진 두 창끝이 격돌했다.

쿠앙!

공기가 터져 나갔다.

반발력이 엄청나 몸이 뒤로 튕겼다. 그만큼 민재와 김철수의 공격력은 엄청났다.

민재는 급히 손을 뻗어 드래곤의 비늘을 움켜쥐었다.

가가각!

쇳소리가 연이어 울리며 튕겨져 나가는 속도가 줄어들었다.

자세를 잡고 다시 공격을 하려는 찰나.

슈아악!

창 공격이 날아와 가슴을 쳤다.

쾅!

"윽!"

민재는 다시 튕겨져 나갔다.

단숨에 드래곤에서 떨어져 땅으로 추락했다.

급히 정신을 차리고 위를 보자, 김철수 역시 추락하고 있었다.

그는 공격을 준비하고 있었다.

창을 두 손으로 쥐고 머리 뒤로 들어 올린 상태.

가까워지는 즉시 창을 내려찍을 기세였다.

민재는 급히 방패를 소환했다.

촤아앙!

초보자용 방패가 왼손에 나타나자, 민재는 그것으로 앞을 막았다.

콰앙!

가까스로 김철수의 공격을 방어하긴 했으나 추락은 막을 수 없었다.

어느새 바닥까지 떨어진 민재의 등에 묵직한 충격이 느껴졌다.

몸이 고통으로 울부짖었지만, 상처를 감쌀 틈이 없었다. 김철수의 공격이 이어졌기 때문이다.

"내 행동은 너를 위함이기도 하다! 썩은 살은 도려내야 하는 법!"

김철수는 소리치며 공격해 왔다.

그가 무슨 말을 하는지, 그의 목적은 무엇인지 그런 것들은 이제 의미가 없었다.

머릿속에 깃든 건 오직 분노뿐.

"죽여 버리겠다!"

민재는 방어를 도외시하고 공격했다.

쾅! 퍼엉! 콰르릉!

땅이 갈라지고 대기가 괴성을 질렀다.

인간을 아득히 뛰어넘은 초인끼리의 혈전.

괴수끼리의 대결이라고 보아도 무방할 정도였다.

하나 공격이 이어지면 이어질수록, 민재의 분노는 차갑게 식어 갔다.

'강하다!'

김철수는 자신을 능가한다.

민재는 강해질 대로 강해졌다. 본신의 힘은 물론이고 사라와 블랑스의 힘 일부까지 얻었다.

이 정도의 힘이라면 전장에서 무쌍의 힘을 발휘할 것이다.

팍살라조차 꼬리를 접을 정도인데, 이마저도 김철수에겐 상대가 되지 않았다.

둘의 전투력 차이는 공격이 이어지면 이어질수록 더 확연해져 갔다.

'제기랄!'

눈물이 나올 것만 같았다.

죽여 버리고 싶은데, 힘이 모자라다니!

동시에 머릿속에서 경종이 울렸다.

이대로 싸우면 죽고 만다.

어느새 상공에 김철수의 프리 미니언이 늘어났다.

드래곤처럼 거대한 괴수가 여럿 나타났다.

그들에게 팍살라와 풍룡을 비롯한 민재의 프리 미니언들이 맹공을 가하고 있었으나, 숫자부터 상대가 되지 않았다.

냉정히 따지자면, 이번 공격은 실패.

되돌아가 재정비를 하는 게 옳은 판단이다.

하나 민재는 공격을 멈출 수 없었다.

"으아악!"

발악하듯 공격했다.

그러나 어느새 체력은 급격히 떨어져 버렸다. 그 여파로 움직임이 느려졌다.

김철수는 그 순간을 놓치지 않았다.

푸욱!

창이 갑옷을 뚫고 들어와 배에 박혔다. 그와 함께 날아드는 발길질.

퍼억!

"윽!"

민재는 튕겨져 나갔다.

바닥에 몇 번이나 부딪힌 후에야 쓰러졌다.

몸에 힘이 들어가지 않았다.

체력이 4였다. 스쳐도 사망할 정도로 빈사 상태라 일어나기조차 어려운 것이다.

그래도 억지로 일어나려 하자,

꾸욱.

김철수가 다가와 발로 가슴을 밟았다.

"개새끼가……."

말조차 힘들었다.

그런데 김철수는 여유로웠다.

그는 웃지도 않은 채 냉엄한 눈길로 민재를 내려다보았다.

"분노에 사로잡혀 냉정함을 잃다니. 사라를 이겼기에 한가락 하는 줄 알았더니, 애송이였어."

그는 창을 역으로 쥐었다.

내려찍어 마지막 타격을 가할 모양이었다.

그 순간, 가슴에 묵직한 통증이 연이어 느껴졌다.

팍살라와 풍룡마저 죽고 말았다는 뜻.

'졌다.'

차이가 너무 현격했다.

분노에 사로잡혀 전략적으로 공격하지 못한 탓이 컸다.

게다가 더 큰 이유는 급한 마음에 준비 없이 달려들었다
는 점이었다.

경솔했다.

사자를 잡기 위해선 수많은 준비가 필요한 법.

무기 하나 달랑 들고 사자를 잡으려 했다간 그의 한 끼
식사가 될 뿐이었다.

민재는 그제야 자신의 실수를 인지했다.

동시에 해야 할 일을 생각했다.

이곳에서 죽을 수는 없는 법!

김철수에게 죽기 일보 직전의 상황이지만, 영토로 이동
할 수만 있다면 전력을 재정비하는 일 정도는 어렵지 않
다.

준비가 충분하지 못해 패배했으니, 이번 싸움으로 얻은
정보를 바탕으로 다음 전투에서 이기면 되지 않은가.

그런 생각으로 소리쳤다.

"이동!"

쉬이익!

공간이 비틀어지는 찰나, 김철수가 소리쳤다.

"순순히 보낼 것 같은가!"

그는 창을 내려찍었다.

그 순간.

콰앙!

민재의 주변이 갑자기 폭발했다.

알 수 없는 뭔가가, 지금까지 겪어 보지 못한 일이 갑자기 일어난 것이다.

그 여파로 영토로의 이동이 느려졌다.

실로 짧은 시간에 불과했다.

그러나 창이 배에 박혀 들기에는 충분한 시간이었다.

푸욱!

놀랄 겨를조차 없이, 세상이 흐려지며 검게 변해 버렸다.

"으아악!"

민재는 소리치며 몸을 일으켰다.

"주인님!"

"프롬?"

민재는 곁에 있는 은발의 어린아이를 바라보았다.

걱정과 안도가 섞인 표정의 그는 가슴을 쓸어내리고 있었다.

"깨어나셨군요."

"여긴, 집무실이군."

황당했다.

조금 전까지는 서울 한복판이었다.

그런데 갑자기 집무실로 이동하다니.

민재는 몸을 만졌다. 배에 난 구멍도 사라지고 옷도 멀쩡했다.

"무사히 이동한 거야?"

"아니요. 주인님은 사망하셨습니다."

프롬이 눈물을 닦았다.

"죽었다고?"

믿기지 않았다.

하지만 믿을 수밖에 없었다.

마지막에, 민재는 김철수에 공격을 당했으니까.

급히 스킬 창을 보자, 답이 나왔다.

'부활 스킬…… 사용되었군.'

혹시나 싶어 지구에 있을 땐 부활과 회복 스킬을 들고 있었다.

그러면서도 걱정은 여전했다.

지구에서 죽게 되면 정말로 죽을지, 아니면 부활할지, 부활한다면 어디서 깨어나게 될지. 모든 것이 예측 불가였다.

그런데 다행히도 죽은 자리가 아니라 영토 내라니.

민재에게 있어 더없이 안전한 장소인 만큼, 지구에서 죽더라도 큰 문제는 없을 것이 아닌가.

물론 패널티는 있었다.

부활 스킬이 재사용 대기 중일 때는 지구로 가기 꺼려진다는 점이었다. 갔다가 죽으면 그때는 진짜로 죽게 되니 말이다.

"얼마 만에 깨어났지?"

"4시간 만입니다."

"뭐? 4시간이나?"

지구에서의 사망은 전장과는 달랐다.

살아나게 되더라도 시간이 너무 오래 걸린다.

그래도 민재는 안도했다.

아예 죽는 것보다는 시간이 걸리더라도 살아나는 게 더 나으니까.

그래도 분노는 여전했다.

부모님의 생사를 아직 알 수 없었기 때문이다.

"사망했던 프리 미니언들은 복구했습니다. 덕분에 시설 복구가 늦춰졌지만요."

"잘했어."

민재는 일어섰다.

"주인님?"

프롬이 의아하다는 듯 물었다.

"잠깐 지구에 갔다 올게."

"안 됩니다!"

프롬이 앞을 막아섰다.

부활 스킬을 아직 재사용할 수 없음을 알고 있기 때문이었다.

그 마음이 이해되지 않는 것은 아니었으나,

"위험한 일은 하지 않을게."

민재는 곧바로 공간을 초월했다.

파앙!

죽었던 장소로 되돌아오자, 밤이 다가오고 있었다.

붉게 물든 하늘 아래, 폐허가 보였다.

구조 작업을 하는 사람이 몇 보였으나 부모님의 모습은 눈에 들어오지 않았다.

'죽진 않았을 거야.'

민재는 인근에 있는 병원으로 달려갔다.

병원은 난장판이었다. 몰려든 환자의 수가 너무 많아 제 기능을 상실한 듯 보였다.

"엄마!"

인파를 제치며 살펴보았으나, 부모님의 모습은 보이지 않았다.

민재는 금요일 오후가 되어서야 영토로 돌아왔다.

마중 나온 프롬이 말했다.

"주인님?"

"괜찮아."

민재는 응접실로 가 소파에 몸을 묻었다.

살펴볼 만큼 살펴보았다. 부모님은 어디서도 찾을 수 없었다.

그래도 혹시나 하는 희망은 있었다.

아버지는 생존력이 강한 사람이다. 지금쯤 안전한 장소에 몸을 숨기고 계시지 않을까?

말없이 가만히 있으니 프롬이 조심스럽게 물어 왔다.

"주인님, 대전 신청은 어떻게 할까요?"

"해야겠지."

이미 김철수에게서 대전 신청이 들어와 있었다.

조건은 사라와 싸울 때와 같았다.

능력을 포함한 모든 것.

민재만이 아니라 동료들의 능력까지 포함한 싸움이었다.

민재는 손가락을 들었다.

촤라락!

홀로그램 메뉴창이 펼쳐지며 받은 메시지가 눈앞에 나타났다.

[김철수 님이 대전을 신청하였습니다. 수락하시겠습니까?]

'수락.'

[대전이 예약되었습니다.]

시스템 음성을 듣고, 민재는 다시 손을 내렸다.

"기운이 나는 차입니다."

프롬이 음료를 내왔다.

그것이 차갑게 식을 때까지 민재는 가만히 있기만 했다.

그러다 천천히 자리에서 일어났다.

"준비를 해야겠지. 프롬, 동료들에게 초대 메시지를 보내."

"네! 알겠습니다!"

프롬이 소리쳤다.

잠시 시간이 지나자 동료들이 하나둘씩 응접실에 도착했다.

미냐세와 비누엘, 우르자, 체게게, 샤나. 동물들과 고블린, 그리고 마수들까지.

모두 전투 준비가 끝난 상태였다.

번쩍이는 갑옷과 무기들.

금방이라도 전장으로 달려갈 것처럼 철저했다.

"아, 오늘이 금요일이군요."

"우리끼리 훈련을 하고 있었소."

비누엘이 말했다.

민재가 지구의 일로 바쁜 사이 동료들은 차근차근 전장을 준비하고 있었던 것이다.

평소와 비교해 별다른 게 없는 과정이었다.

하지만 이는 민재가 전혀 관여하지 않은 채 이루어진 일이었다.

다른 누구도 아닌 민재만을 위해, 모두가 한 몸이 된 것이다.

"고맙습니다."

진정으로 감사한 마음이었다.

이번 싸움은 민재 개인을 위한 일이다. 민재에게는 위험 부담이 큰 만큼 큰 보상을 받을 수 있다.

하나 동료들에겐 보상은 적은데, 위험부담만이 크다.

이기적인 인간이라면 모른 체했을 일인데, 동료들은 전장에 참여하는 것을 당연하게 생각하고 있었다.

미냐세가 웃으며 말했다.

"괜찮아. 민재도 우릴 도왔잖아."

"고마워. 그런데……."

미냐세의 옆에 서 있는 사람이 눈에 들어왔다.

보라색 피부에 보라색 머리카락.

미냐세보다 몇 살 더 많아 보이는 소녀는 푸근한 얼굴로 인사를 해 왔다.

"이번엔 저도 참여할 거예요."

"엄마가 나랑 같이 있고 싶대."

"그건……."

안 된다고 말하려다 입을 다물었다.

이미 비누엘과 우르자는 딸을 데리고 전장에 참여해 왔다.

위험한 곳이라는 걸 알고 있었으나, 함께 있지 않으면 죽었는지조차 알 길이 없지 않은가?

미냐세의 어머니라고 막을 이유는 없었다.

"그래도, 위험하지 않겠습니까?"

"엄마가 힐은 나보다 더 잘 써."

"그렇겠지만……."

미냐세는 치유사의 기술을 어머니에게 배웠다. 힐 스킬의 원조인 만큼 효율은 미냐세보다 나을지도 모른다.

민재는 고민했지만 어쩔 수 없었다.

"잘 부탁합니다."

인사를 나누곤, 전력을 재정비했다.

동료들은 마테리아를 모두 사용해 아이템 등을 마련했다.

조금 더 강해진 정도에 불과했기에 전력 편성이 달라질 이유는 없었다.

하나 민재는 크게 달라졌다.

"얻게 된 것이 있습니다."

민재는 자신의 변화와 드래곤들에 대해 말했다.

"그럴 수가……."

모두가 놀라워했다.

민재와 드래곤들의 힘을 합치면 아군 모두를 상대할 수 있지 않은가.

"놀랍구려. 이번은 쉽게 이길 수 있을지도 모르겠소."

"김철수는…… 강합니다. 아마도……."

확률은 여전히 낮았다.

그래도 대전을 피하지 못하는 이유가 충분했다. 대전이 아니더라도 민재는 그를 용서할 수 없었다.

"아직 시간이 남았으니, 연습부터 하겠습니다."

"좋소."

민재는 동료들을 데리고 이동했다.

그리곤 상황을 설정해 손발을 맞추기 시작했다.

이번 전장은 어떻게 펼쳐질지 전혀 예상할 수 없는 만큼, 지금까지 겪어 보지 못한 상황에 초점을 맞추어 연습했다.

그렇게 시간을 보내고 나자, 어느새 밤 12시가 다가왔다.

CHAPTER 36
심연

쿠르릉!

영토가 움직이기 시작했다.

민재와 동료들은 전투 필드에 모여 앞을 바라보았다.

영토의 하늘은 기이한 색으로 뒤섞여 휘몰아치고 있었고 대지는 엉망인 상태 그대로였으나 프롬은 필드 복구를 시간 내에 해냈다.

이대로 전장이 펼쳐지더라도 전투에 지장은 없었다.

시간이 흐르자 세상이 변하기 시작했다.

하늘은 점점 어두워지더니 결국 새카맣게 변해 버렸다. 별이 뜨고 하늘 아래는 새벽의 푸른빛으로 물들었다.

영토가 지구로 이동한 것이다.

동료들의 얼굴에 긴장감이 떠올랐다.

이제 곧 적의 영토가 나타나고 전장이 펼쳐지게 될 것이다. 지금까지 경험해 보지 못한 엄청난 상대와 벌어질 대전.

지금까지는 운이 좋았으나, 이번 전투로 누군가는 목숨을 잃게 될지도 모른다.

그러던 때.

스으윽.

전방에서 안개를 가르듯 나타난 것이 있었다.

회색. 온통 회색으로 이루어진 벽이었다.

그것은 세상을 몽땅 덮고도 남을 정도로 거대했다.

별빛 밤하늘은 온데간데없이 사라졌다. 나타난 벽이 하늘 전체를 덮어 버렸기 때문이다.

'무슨 크기가……'

민재는 미니맵을 펼쳤다.

그리곤 시야의 크기를 키워 나갔다. 육안으로는 저것의 크기를 짐작할 수 없기 때문이다.

한 번, 두 번, 세 번…….

네모난 미니맵이 보여 주는 세상은 점점 넓어져 갔고, 수십 회나 시야를 넓히고 나서야 온전한 모습이 드러났다.

'이건?'

영토가 아니었다.

아니, 영토였으나, 지금까지 보아 왔던 영토와는 생김새부터가 너무 달랐다.

민재의 영토는 물론이고 다른 이들의, 모든 영토는 하늘 위에 떠 있는 섬과도 같은 구조를 이루고 있었다.

한데 저것은 섬이 아니었다.

구체.

공처럼 둥근 저것은 너무나도 거대해 민재의 영토가 쌀 알처럼 보일 지경이었다.

'이게 뭐야? 달?'

온통 희뿌연 것이 지구에 비견할 정도로 컸다.

보는 순간 SF영화에서나 보던 인공 천체가 떠올랐다.

표면은 단단한 금속질 덩어리였다. 그 위 곳곳에는 정체를 짐작할 수 없는 시설물이 수없이 보였다.

어디에도 사람은 보이지 않았지만 어디서든 무언가가 나타날 것처럼 위협적이었다.

각종 영상 매체에 익숙한 민재조차 경악할 정도였다.

동료들은 입을 쩍 벌린 채 말을 제대로 하지 못했다.

"저것은 대체……."

그들로서는 상상도 할 수 없었던 이질적인 크기일 것이다. 지구가 둥글다는 사실에도 놀랐던 그들이 아닌가.

금속으로 이루어진 인공 천체를 보며 어떤 느낌을 받았을지, 민재는 알 수 없었다.

다만 동료들의 사기가 꺾였다는 느낌만은 강하게 들었다.

영토의 크기는 그 주인의 힘을 대변하는 법.

저 거대한 것이 김철수의 영토가 확실한 만큼, 그가 가진 힘이 얼마나 대단할지 예상이 되는 것이다.

민재는 물론이고, 동료들의 힘을 모두 합쳐도 저것의 10분의 1도 안 된다.

소화시키지 못한 사라와 블랑스의 것까지 치더라도 반의 반조차 되지 못할 것이다.

그런 엄청난 차이가 느껴지니, 전장이 시작되기도 전부터 전의가 꺾여 버리고 만 것이다.

'제기랄.'

민재는 주먹을 움켜쥐었다.

대체 어떻게 싸워 왔기에 영토를 저렇게나 키웠단 말인가.

시즌 1의 우승자인 상태 그대로 전장에 참가해 승승장구하면 저런 엄청난 영토를 가질 수 있다는 말인가.

태생부터 다르다.

절대로 이길 수 없다.

생각도 하기 싫을 정도로 그와 자신의 차이가 현격하게 느껴졌다. 제아무리 김철수라도 운이 따라 준다면 이길 수 있을 것이라 예상했던 자신이 우스워질 정도였다.

지금이라도 전투를 포기하면 좋겠지만.

'이미 돌이킬 수 없어.'

한번 대전에 돌입한 이상, 어떤 일이 있어도 주최자인 민재 자신만은 끝까지 가야 한다.

죽든 살든, 이기든 지든 끝장을 봐야 하는 것이다.

하지만 동료들은 아니다.

"전장이 시작되면 모두들……."

민재는 뒤돌아섰다.

그리곤 동료들을 돌아보며 말했다.

"바로 이탈하세요."

"……."

동료들은 대답하지 못했다.

민재의 말이 너무 갑작스럽기도 했고, 또 의외이기도 해서이리라.

하나 곧 체계계부터 입을 열었다.

"그럴 수 없다."

"우리는 이미 배수진을 쳤소."

비누엘이 딸의 어깨를 짚었다. 릴리엘 역시 비장한 얼굴로 팔을 뻗어 비누엘의 허리를 감았다.

전장에 피붙이 딸을 데려왔을 때부터, 그는 죽음을 대비해 왔다. 죽더라도 딸과 같은 곳에서.

가족을 잃고 슬퍼하느니 차라리 같은 곳에서 죽자고 다짐한 것이리라.

이는 우르자와 미냐세 역시 마찬가지였다.

모녀들은 굳은 표정이었지만 두려움 없는 눈빛으로 이쪽을 바라보았다.

민재는 천천히 다른 동료들에게 눈길을 돌렸다.

만난 지 얼마 되지 않은 마수들부터 최근 술에 절어 살고 있던 고블린까지. 모두의 눈빛에서 전의가 엿보였다.

"……감사합니다."

가슴이 먹먹해질 정도였다.

이미 이들은 민재의 가족이나 마찬가지였다. 생사를 오가는 전장을 거치며, 피와 땀이 서린 전우애가 단단한 결속을 이룬 것이다.

민재는 웃었다.

"그럼, 충격에 대비하세요."

바로 돌아선 뒤, 거대한 영토를 노려보았다.

동료들에겐 이탈할 수 없는 신의가 있다.

민재에겐 김철수를 용서할 수 없는 이유가 있다.

그가 지구에 저질렀던 일도 그렇지만, 그보다 개인적으로 그에게 분노를 느끼고 있는 것이다.

무슨 일이 있어도 이기고 만다. 설령 그의 힘이 압도적으로 거대할지라도.

"옵니다."

꾸욱.

민재는 주먹을 쥔 채 대비했다.

두 영토가 가까워지면서 허공에 빛이 뿌려지기 시작했다.

파파팟!

하늘을 수놓는 레이저는 어느 때보다 많았다. 더없이 넓고 큰 공간이 온갖 빛으로 가득 차는가 싶더니, 곧이어 거대한 폭발이 일어났다.

콰아앙!

엄청난 굉음과 함께 뼈를 부술 듯한 압력이 날아들었다.

'윽!'

발로 바닥을 단단히 지지했으나, 뒤로 넘어지고 말았다.

몇 번이나 구른 뒤에 간신히 자세를 잡자 시스템 음성이 귀를 울려왔다.

[대전이 시작되었습니다.]

'시작이다.'

김철수와 모든 것을 끝낼 한판 대결.

민재는 곧바로 미니맵부터 열었다.

차라락!

네모난 홀로그램창이 펼쳐지며 전장이 눈에 들어왔다.

크기부터 남달랐다.

사라와의 대전보다 족히 네 배는 큰 정도.

김철수의 영토에 비하면 작은 크기였으나, 이조차 민재에게는 크게만 느껴졌다.

전장의 모습은 지난번과 비슷했다.

사라와 싸웠을 때처럼, 유리판으로 된 진격로 아래로 푸른색의 지구가 보였다.

정글 역시 온기 없는 강철로 이루어진 구조물이 우주에 둥둥 떠 있는 모양이었다.

김철수의 본진 역시 큰 차이는 없었다. 세 개의 억제기와 그를 지키는 세 개의 포탑. 넥서스 한 개와 쌍둥이 포탑이 눈에 들어왔다.

크기 이외엔 일반적인 전장과 다를 바가 없는 곳이었다.

다만.

'투석기가 없군.'

정글 어디를 보아도 표식이 없었다. 중립 몬스터의 둥지 이외의 건축물은 보이지 않는 것이다.

전장의 승패를 좌우할 오브젝트가 없다는 뜻은.

'운영으로 승부를 내야 하겠군.'

서로가 가진 힘과 팀워크, 그리고 전략과 전술만으로 승부를 내야 한다.

적과의 전력 차이가 까마득할 것으로 예상되는 바.

변수를 만들어 낼 수 있는 시설물이 없다는 점에선 민재에게 불리한 전장이다.

하나 이 방식이 오히려 익숙했다.

지금까지 겪어 왔던 전장이 대부분 이런 식이었기 때문이다.

"일단 실험부터 하죠. 팍살라."

[살살 해라.]

팍살라가 가슴을 내밀었다.

민재는 망설이지 않고 그를 공격했다.

파팍!

창 공격이 연이어 들어갔다.

민재의 본래 공격 속도를 넘을 정도로 재빠른 공격이었다.

한 번은 평소처럼, 다른 한 번은 힘을 조절해 약하게 쳤다.

공격 판정은 모두 성공.

다만 데미지가 다르게 들어갔다. 두 번째 공격이 더 적은 피해를 준 것이다.

[이번 역시 섞인 룰이군.]

팍살라의 말에 민재는 고개를 끄덕였다.

전장의 룰이 시즌 1과 2를 섞어 놓은 듯한…… 사라와 싸울 때처럼 팍살라가 제약 없이 힘을 쓸 수 있는 전장이다.

민재는 곧바로 주먹을 뻗었다.

"풍룡 소환!"

파아앙!

반지에서 빛이 뿜어지며 전장에 날카로운 바람이 불어쳤다. 그것은 점점 커져서 거대한 한 마리의 드래곤 형상을 이루어 냈다.

[이번은 처음부터 힘을 써야 하는가?]

풍룡은 한숨 섞인 표정으로 읊조렸다.

민재는 동료들을 둘러보곤 말했다.

"이동하겠습니다. 포지션은 타입 2로."

"행운을 빌어요!"

동물들이 호기롭게 소리치며 사방으로 흩어졌다.

나머지 동료들은 물론이고 프리 미니언들도 날아올랐다.

드래곤도 움직였다.

풍룡이 냉큼 날아올라 해룡의 목에 내려앉았다.

[가게.]

크어어어!

해룡이 움직였다. 뱀처럼 생겼으나, 어마어마할 정도로 큰 몸체가 움직이자 땅이 덜덜 떨렸다.

파파팍!

바닥이 갈리며 해룡은 믿기지 않을 정도로 빠르게 질주해 나갔다.

둘의 포지션은 정글이었다.

드래곤 둘이서 움직이며 중립 몬스터를 사냥한다.

이것으로 확보된 경험치와 골드는 민재에게 귀속된다.

"샤나, 팍살라."

끄덕.

고양이 스킨을 착용한 샤나가 민재의 어깨 위로 올라왔다.

민재는 바로 점프해 붉은 드래곤의 등 위에 올라탔다.

팍살라는 바로 날아올랐다.

목적지는 정글 방향.

풍룡과 해룡이 아래쪽 정글에서 사냥하는 동안 민재는 위쪽 정글에서 사냥할 계획이다.

나머지 동료들은 세 개 진격로로 흩어졌다.

탑라인은 체게게와 여우, 토끼, 마수 둘이, 미드라인은 우르자와 고블린, 양, 마수 셋이었다.

봇라인은 미냐세와 비누엘, 마수 둘로, 다른 진격로보다 약한 감이 있다.

아군 전체의 힘으로 보자면 정글에 과도하게 힘이 쏠린 상황이다.

민재와 드래곤 셋의 힘이 전체 전력의 절반을 넘어서기 때문이었다.

혼자서도 강한 민재이기에 샤나의 힘까지 필요하지는 않았다. 차라리 다른 동료의 힘을 강화하는 편이 나을지도 몰랐다.

하나 민재에게 생각이 있었다.

적이 어떤 식으로 싸움을 시작해 올지 예상할 수 없기에 탐색전부터 하려는 것이다.

주요 전력을 정글에 두고 있다가 적이 움직이는 상황에 맞추어 각 진격로의 전력을 조정한다.

그를 위해선 적의 이동 경로 확보가 우선이다.

푸드득.

마지막으로 신전에서 퍼스파들이 날아올랐다. 시야 확보를 위해 일제히 흩어지며 적군 측 정글로 날아가는 것이다.

민재도 얌전히 중립 몬스터가 소환되길 기다리고 있지만

은 않았다.

"팍살라, 정찰을 가자."

민재는 비늘을 단단히 잡았다.

[위쪽부터 시작하지.]

팍살라는 엄청난 속도로 거대한 전장을 뻗어 나갔다.

맵의 정중앙을 사선으로 가로지르고 있는 협곡이 금세 눈에 들어왔다.

유리판과 강철 땅으로 이루어진 기다란 협곡이 아군과 적군을 구분하고 있었다.

이 경계선을 넘어가면 적의 본진에 더 가까워진다.

이곳의 정글은 적에게 유리한 위치라 아군이 진출하기엔 어려운 곳이다.

그곳으로 진입하는 때, 갑자기 목소리가 들려왔다.

"드디어 마지막 전장이군, 이민재."

전체 채팅.

김철수의 목소리였다.

전장이 시작된 이상, 그의 목소리가 들리는 것이 이상하지는 않았다.

그의 음성을 듣자 저절로 화부터 났다.

그래서 대답하기도 싫었지만, 내용이 문제였다.

"마지막? 그게 무슨 소리지?"

전체 채팅으로 소리치자, 웃음기 스민 대답이 들려왔다.

"말 그대로 이번이 마지막 전장이라는 뜻이다."

'뭐야?'

민재는 놀라 되물을 수밖에 없었다.

"이번 싸움에서 이기는 사람이 시즌 2의 우승자가 된다는 소리인가?"

"하하핫! 내 말이 그렇게 들렸나?"

김철수는 묘하게 여유로웠다.

재미있다는 듯 웃던 그는 돌연 냉정하게 말을 이었다.

"다음 전장이 결승전이라는 소리다."

"결승전?"

본능적으로 전장의 끝이 다가오고 있다는 것을 알고 있던 민재다.

조만간 최후의 싸움을 하게 되리라 예상은 했지만, 막상 김철수의 말을 들으니 황당함부터 느껴졌다.

"결승전에서 이기면, 앞으로 전장에 참여하지 않아도 된다는 뜻이겠지?"

"정답이다. 사라에게 들었나 보군."

"결승전은 어떤 식으로 싸우지? 이 게임을 만든 신과 싸우게 되나?"

"신은 보지 못했다. 최후까지 살아남은 유저들이 싸우는 전장일 뿐이야. ……하지만!"

김철수는 강하게 소리쳐 나갔다.

"너의 힘을 흡수해 살신기를 만들 수 있다면, 신마저도 죽일 수 있게 되겠지."

스산한 음성이었다.

'살신기라니…….'

사라와 블랑스, 그리고 김철수의 시설을 합치면 신을 죽일 수 있는 무기를 만들어 낼 수 있다는 뜻인가?

김철수가 신을 죽이고 싶어 한다는 것은 알고 있었지만, 저런 계획을 세우고 있을 줄은 전혀 예상하지 못했다.

"네 능력이 대체 무엇이기에 신을 죽인다는 거지?"

"사소한 질문이군. 하지만 대답해 주지. 물론 그전에, 이것부터 받아라!"

갑자기 김철수가 소리쳤다.

'뭐얏?'

민재는 본능적으로 위협을 느꼈다.

즉시 퍅살라의 비늘을 단단히 움켜쥐었다. 그러곤 소리쳤다.

"퍅살라! 피해!"

[이런!]

퍅살라가 급히 방향을 틀었다.

그러나 정글을 쏜살같이 질주하던 속도를 못 이겨 제동이 느렸다.

그 짧은 시간의 허점.

공격은 그것을 노렸다.

쐐애액!

정글 아래쪽에서 뭔가가 엄청난 속도로 쏘아져 왔다.

빛이 나는 마법 공격이 아니라 눈으로 포착하기 어려웠다.

파악!

팍살라가 날개를 부러질 듯 휘저었으나 이미 늦은 상황이었다.

콰앙!

고막을 찢어발길 듯한 폭음이 터졌다. 너무나도 엄청난 폭발이라 이겨 낼 수 없었다.

'윽!'

저릿한 통증과 함께, 민재는 팍살라에게서 튕겨 나갔다.

하늘이 빙빙 도는 가운데 팍살라가 눈에 들어왔다.

팍살라는 몸체가 반쯤 사라진 상태로 추락하고 있었다.

'팍살라가 한 방에?'

눈으로 보고도 믿을 수 없었다.

체력이 2만을 훌쩍 넘는 팍살라가 공격 한 번에 죽어 버리다니!

"설명하기 어렵지만, 내가 얻게 된 능력은 폭발이라고 생각하면 된다."

'폭발?'

의문은 잠시.

쿠앙!

민재는 바닥에 떨어졌다.

그 충격으로 샤나가 튕겨 나가 강철 구조물에 머리를 부딪혔다.

상태창으로 보기에 큰 데미지는 입지 않았으나 충격을 받은 듯했다. 몸을 제대로 가누지 못하는 것이다.

민재는 몸을 일으키며 소리쳤다.

"이게 시즌 1의 보상인가?"

"그래, 참 어이없는 힘이지."

그 말에 민재도 동감했다.

모든 것이 평등하리라 생각했던 전장.

하나 어떤 이에겐 전장을 뒤엎고도 남을 힘이 주어졌다.

"막강한 능력이지만, 골드가 없으면 사용할 수 없다는 점에서 난감한 능력이긴 하지. 아이템을 사지 못하니 말이야."

시설 가동을 위해 골드가 필요하다는 사실은 이미 알고

있었다.

하나 약점이라고도 할 수 있는 정보를 마구 알려 주다니.

이미 지구에서 한 번 맞붙었던 둘이다.

그때 민재와 김철수는 스킬을 사용하지 않은 채 싸웠다. 그래서 민재는 그의 힘을 예상할 수 없었다.

사라조차 그가 어떤 능력을 가지고 있는지 알지 못했다.

이를 잘 활용하면 김철수는 더없이 유리한 고지에서 전투를 치를 수 있을 텐데.

민재는 김철수가 무슨 생각을 하고 있는지 알 수 없었다.

"그런 걸 왜 알려 주는 거지?"

"네가 나를 이길 가능성은 제로에 가까우니, 가르쳐 주는 것일 뿐이다."

"제로라고?"

세상에 확률이 제로인 게임은 드물다.

하물며 수많은 변수가 존재하는 전장에서 확률 제로를 논하다니.

그가 압도적으로 강하다는 것은 인정하나, 자신감이 너무 과한 게 아닌가 싶었다.

"프로게이머라면 알 텐데? 진짜 승리를 말할 수 있는 순간은 상대방의 넥서스를 부순 이후라는 것을 말이야."

"너와의 전투는 일종의 유희와도 같다. 결승전 전에 잠시 나온 소풍이나 다름없어."

"헛소리!"

민재는 팔을 뻗었다.

김철수가 하는 말에 분노가 치밀기는 했으나, 그보다 냉정함이 앞섰다.

폴짝.

샤나가 뛰어올라 서둘러 팔을 타고 가까이 왔다.

그녀가 목에 자리 잡자, 민재는 창을 든 채 정글을 빠져나오기 시작했다.

'근처에 김철수가 있다.'

공격은 정글에서 일어났다.

팍살라를 죽인 일격은 보상물을 이용한 공격.

김철수 외에 달리 그럴 사람이 없으니, 그는 이 근방에 있는 것이다.

적이 혼자일 리는 없다.

반면 이쪽은 민재와 샤나뿐이니, 회피하는 게 옳다.

민재는 적측 정글을 벗어나기 시작했다.

김철수의 목소리는 계속해서 들려왔다.

"네 영토를 보고 느꼈지. 사라의 힘을 온전히 흡수하지 못해 망가졌더군. 흡수했다면 크기가 더 컸을 텐데, 지금의 상태론 나를 이길 수 없다."

"……."

민재는 대답하지 않았다.

영토의 크기는 가진 힘을 대변하는 바.

민재의 영토와 김철수의 영토는 그 크기의 차이가 너무나도 컸기에 그의 주장이 틀리다고 말할 수 없었다.

냉정히 따지자면 이쪽의 열세.

그의 말대로 패배가 예견된 것이나 마찬가지였다.

하나 민재는 포기하지 않았다.

'이길 확률은 있어.'

김철수의 능력은 이미 드러났다.

엄청나게 강력한 공격을 할 수 있다는 면에서 까다로웠으나, 공격 타겟이 한정되어 있다는 면에선 사라보다 상대하기 편했다.

아군 하나를 희생하는 대신, 적이 가진 가장 큰 힘을 무용지물로 만들 수 있다.

실로 차디찬 판단이었으나, 승리를 위해 전략을 구성해야 하는 민재는 냉정할 수밖에 없다.

"전투의 결과는 장담할 수 없어."

민재는 적측 정글에서 완전히 벗어났다.

예상했던 추격은 없었다. 아직 미니언조차 출현하지 않

은 때. 그의 말대로 소풍이라도 나온 같은 반응이었다.

"내 능력을 파악해서 희망이라도 얻은 듯하군. 하긴 강하기만 한 공격은 전략적으로 큰 쓸모가 없지."

"시끄럽군. 진짜 싸움은 몸으로 보여 주는 게 어때?"

"명심해야 할 게 있다. 시설물 활용은 유동적이니 말이야. 골드를 충전한 다음에 진짜 힘을 보여 주지."

김철수의 목소리는 이것으로 끝이었다.

민재는 지형지물에 몸을 숨기고 귀환 주문을 사용했다.

파파팡!

신전으로 도착하자 퍼스파들이 적측 정글로 들어서는 모습이 보였다.

민재는 그들을 제지했다.

"골짜기 주변에서 머물러."

삐약!

퍼스파들은 즉시 정지했다.

적측 영토로 가기엔 위험 부담이 너무 컸다.

그저 골짜기 주변에서 머물며 적군이 습격을 해 오는지만 관찰해도 충분할 것 같았다.

신전에서 잠시 기다리자 팍살라가 부활했다.

[무시무시한 공격이군.]

팍살라의 표정이 좋지 않았다.

자신을 즉사시킬 수 있는 공격이라니. 그 역시 믿기지 않을 것이다.

"피할 수 있겠어?"

[너무 빨라서 힘들다.]

팍살라가 고개를 저었다.

'음.'

원 샷, 원 킬.

적의 공격을 피할 수 없다면?

'뭉쳐 다녀야 하나?'

필살이긴 하나, 단발성인 무기를 가진 적이다.

게다가 적의 전력은 엄청나게 강력할 것이 분명한 바.

흩어져 상대하는 것보다는 한곳에 뭉쳐 적을 상대하는 게 낫지 않을까 싶었다.

'일단 탐색전부터.'

현재의 포지션을 유지한 채 싸움을 시작한다.

생각은 그리했지만, 아마도 곧 아군은 한곳에 뭉치게 되리라.

탓!

민재는 팍살라의 등에 다시 올라섰다.

[미니언이 곧 생성됩니다.]

시스템 음성을 들으며, 민재는 정글로 진출했다.

중형 몬스터의 둥지에 자리 잡자 넥서스에서 미니언들이 생성되는 광경이 보였다.

최종 단계까지 강해진 미니언들은 빈틈없이 철갑을 두르고 있었다.

묵직해 보이는 검과 방패.

그것이 결코 무거워 보이지 않을 정도로 미니언들은 강인해 보였다.

그들이 줄지어 진격로로 달려가는 그때.

스파팟!

몬스터가 생성되었다.

그어어어!

사자를 닮은 금속 괴물이 나타나자마자 포효하며 달려들었다.

위압적인 모습에 크기마저 엄청났다.

머리통이 대형 트럭 두 개를 합친 듯했다. 전체 크기는 팍살라만큼이나 컸다.

그뿐만이 아니라 전투력도 탁월했다.

정글의 몬스터라기엔 지나칠 정도로 강한 것이다.

[어디서 이런 놈이!]

팍살라가 즉시 공격을 시작했다.

하지만 철사자는 그 공격을 가볍게 피해 버렸다.

[이런!]

팍살라가 난색을 표하는 찰나, 민재의 창 공격이 먹혀 들어갔다.

쿠앙!

폭음이 일며 상당한 데미지가 들어갔다.

철사자가 비명을 지르며 몸을 웅크렸다. 그 때문에 팍살라의 다음 공격이 쉽게 먹혀 들어갔다.

콰직! 쾅!

물기에 이어 연속된 꼬리 공격에 철사자의 체력이 급감했다.

민재까지 맹공을 가하니 철사자는 금세 체력이 절반이나 떨어졌다.

위용에 비해 어렵지 않은 상대였다.

하나 이는 민재와 팍살라기에 가능한 일이다.

다른 동료들이 철사자를 잡으려 했다간 제대로 된 공격조차 하지 못한 채 도망치고 말았으리라.

그만큼 정글의 몬스터는 강력했다.

아마도 김철수의 강함에 맞추어 몬스터가 형성되었기 때문일 것이다.

'중립 몬스터가 이 정도라면, 미니언은?'

민재는 공격을 해 가며 미니맵을 살폈다.

어느새 아군 미니언이 맵의 정중앙까지 진출해 있었다.

그들이 제공해 주는 시야로 적군 미니언을 살펴볼 수 있었다.

황당하게도, 그들은 중세의 병사가 아니었다.

크기가 아군 미니언이 족히 두 배는 될 정도로 컸고, 입고 있는 갑옷 역시 강철로 만들어졌다는 점에서 그들은 중세의 병사와 별다를 바가 없었다.

하나.

'총?'

민재의 입이 벌어졌다.

현대의 자동 소총을 장비한 미니언이라니!

척척척!

김철수의 미니언들은 돌격을 즉시 멈추고 일렬로 늘어섰다.

그리곤 총을 들고 앞을 겨누었다.

우어어!

아군 미니언들이 함성을 지르며 달려들었으나, 민재의 눈엔 위태롭게 보일 뿐이었다.

타아앙!

적 미니언의 총구가 불을 뿜었다.

동시에 돌격하던 아군 미니언 몇이 쓰러졌다. 앞쪽의 몇에게만 화력이 흩어지지 않는 집중 포화가 가해진 까닭이다.

소위 일점사라 불리는 공격이다.

그것이 미니언에게 가해지자 싸움이 시작되기도 전에 아군 미니언의 수는 절반으로 줄어들었다.

적군 미니언의 행동은 그에 그치지 않았다.

차아앙!

총을 집어넣은 그들은 검을 꺼내 들었다.

일견 양손 검보다 월등히 큰 검이었다. 아군 미니언의 강철 검이 나이프로 보일 정도로 차이가 컸다.

그것을 꺼내 든 적군 미니언과 아군 미니언은 곧 맞부딪쳤다.

'젠장!'

결과를 보지 않아도 알 수 있었다.

기본적인 전투력부터 차이가 나는 미니언들이다.

그런데 수마저 절반으로 줄어든 상태에서 싸우게 되었으니, 승패는 보지 않아도 빤한 것이다.

이러한 싸움은 모든 진격로에서 일어나게 될 터.

동료들이 온전한 전력을 지닌 적 미니언 무더기를 막으며 포탑을 지켜 낼 수 있을까?

물론 가능하기는 할 것이다.

민재보단 약하나, 동료들이 적 미니언보다 약한 정도는

아니기 때문이다.

하나 적은 미니언이 다가 아니었다.

어느새 나타난 프리 미니언 표식이 미니맵을 잔뜩 메우고 있었기 때문이다.

'인간?'

민재는 두 눈을 부릅떴다.

진격로에 나타난 적 프리 미니언들이 사람의 모습을 하고 있었기 때문이다.

김철수의 하인 상당수가 지구인이라는 사실을 알고 있었기에 그들의 정체를 쉽게 짐작할 수 있었다.

아마도 전 세계를 주름잡는 고위층, 혹은 김철수가 비밀리에 교육한 지구인이 아닐까?

그들의 일부는 갑옷을 입고 쇠붙이 무기를 가지고 있었다. 대부분은 총을 들고 군복과 헬멧을 착용하고 있었다.

현대의 사람들이니 총기를 다룰 수 있다지만 전장에서 갑자기 현대식 소총을 보게 되다니.

본래라면 총의 사정거리에 제한이 있겠으나, 이곳은 일반적인 전장과 룰이 다른 곳이다.

사정거리에 제한이 없는 것이나 마찬가지라 시야만 확보된다면 아군은 원거리에서도 저격당할 수 있다.

파괴력이 크지 않더라도, 원거리에서의 위협을 결코 좌

시할 수 없다.

이것만으로도 아군이 이길 전략이 줄어든다.

게다가 적에겐 강력한 존재도 있다.

[드래곤…….]

팍살라가 기분 상한 음성으로 말했다.

민재가 지구에서 김철수와 싸웠을 때, 팍살라는 김철수의 프리 미니언과 전투를 벌였다.

그중에는 황금색의 브레스를 뿜었던 드래곤이 있었다.

그 녀석이 아마 미드라인에 나타난 황금색의 드래곤일 것이다. 팍살라만큼이나 크고 강인했고 전투력도 비슷했다. 둘이 맞붙는다면 승패를 짐작하기 어렵지 않을까.

탑라인에는 거대한 두더지가, 봇라인에는 네 발 달린 공룡처럼 생긴 드래곤이 보였다. 이들 역시 민재의 드래곤만큼이나 강력했다.

일반 게임에서 얻을 수 있는 드래곤.

김철수 역시 다수의 드래곤을 확보하고 있는 것이 확인되었다.

그것들은 미니언과 함께 압박을 가해 왔다.

"포탑을 끼고 방어하세요!"

민재가 소리쳤다.

진격로당 아군이 여럿이나 적의 전력이 더 크다. 포탑의 수호를 받으며 싸워도 밀릴 정도인데 밖에서 싸우다가는 사상자가 발생하고 말 것이다.

그렇다고 포탑 안에서 싸우기만 할 수도 없다.

적은 총을 가졌다. 포탑의 사정거리 밖에서 총질을 해 댄다면 시간이 흐를수록 불리해지기만 할 것이다.

대책이 필요했다.

"팍살라, 미드라인으로 가."

[정글은 포기하겠다는 소리군.]

팍살라가 조금 어이없어 했다.

그는 이계의 드래곤이지만 전장을 경험했다.

전투 초기에 경험치와 골드 확보가 무엇보다 중요하다는 점을 잘 알고 있는 만큼, 주요 경험치 획득 장소인 정글 포지션을 중요히 여겼다.

그래도 달라진 전력 배치에 불만을 토로하지는 않았다. 적이 진격로에 드래곤을 대동했으니, 저울추를 맞춰야 한다는 사실을 알고 있었기 때문이다.

[혼자서 감당할 수 있겠나?]

"샤나도 있잖아. 혼자는 아니지."

[네가 강해졌다곤 하나, 몬스터 사냥하기가 쉬운 일은 아닐 것이다.]

"물론이지."

민재는 강해졌다. 샤나의 도움까지 받고 있어 더 강해졌다.

그러나 넓디넓은 정글에서 몬스터를 홀로 잡는 것은 상당히 어려운 일이다.

게다가 습격도 다녀야 한다.

위험에 처한 진격로를 돕거나 승기를 잡은 아군에게 힘을 더해 변수를 만들어 내는 일이 정글 포지션의 역할이 아니던가.

이 모든 역할을 민재 홀로 해내기에는 이 전장이 너무 거대했다.

민재는 다른 드래곤들에게도 소리쳤다.

"풍룡, 해룡도 움직여!"

[그러지.]

남쪽 정글에서 사냥하고 있던 둘이 움직였다. 해룡은 봇라인으로, 풍룡은 탑라인으로 향했다.

팍살라까지 날아올랐다.

민재는 사냥을 하며 전장을 분석해 나갔다.

'진격로는 어느 정도 밸런스가 맞춰졌어.'

사실 적보다 약했지만, 그래도 수성을 할 정도는 되었다.

이 정도만 유지해도 큰 이변 없이 전투를 이어 나갈 수 있겠다는 생각이 들었다.

하나 상대는 김철수였다.

사라의 영토조차 다 흡수하지 못한 민재.

김철수는 그녀의 영토보다 월등히 큰 영토를 가지고 있다. 개인의 힘부터 상대가 되지 않을 터인데, 민재는 그의 동료가 몇인지조차 알 수 없는 상황이다.

그래서 민재는 불안했다.

적의 정글에 얼마나 많은 병력이 있을지 예상할 수 없는 것이다.

'정찰을 보내야겠어.'

진격로의 아군은 적을 상대하는 것만으로도 벅차다.

변수를 만들어 낼 자는 민재뿐이다.

"가랏!"

푸드득.

대기하고 있던 퍼스파들이 날아올랐다.

목표 지점은 적의 정글. 발각당해 죽더라도 어쩔 수 없는 일이다. 적의 전력 파악이 급선무다.

중립 몬스터 한 무더기를 잡고 나자 시야가 확보되었다.

한데,

'이상하군.'

적측 정글이 대부분 텅 비어 있었다.

중립 몬스터의 둥지는 이미 사냥당했는지 공터였다. 한

군데만 그런 게 아니라 상당수가 그랬다.

적은 보이지 않았다.

정글에는 김철수만이 아니라 그의 동료들과 그들의 프리 미니언까지 있어야 한다.

민재가 정글 포지션에 중점을 두어 큰 전력을 배치했던 것처럼, 상대 역시 이와 흡사한 전략을 사용할 것으로 예측되었다.

사냥 효율을 위해 넓게 퍼져 있어야 마땅한데, 적이 보이지 않다니.

이상하다는 점을 느끼는 찰나, 퍼스파 하나가 죽어 버렸다.

일격에 사망 판정.

하나 죽음은 헛되지 않았다.

잠깐 동안 공유했던 시야로 민재는 적측 정글러의 전력을 파악할 수 있었다.

적은 단 한 명이었다.

'김철수만 정글을 돌고 있어?'

이상한 일이었다.

그가 정글에 있다는 것은 예상하고 있었다.

그런데 그의 동료가 보이지 않았다. 다른 프리 미니언도 없었다.

오직 김철수 혼자 정글에서 사냥하고 있는 것이다.

다급히 민재는 전장을 다시 한 번 살폈다.

두더지까지 드래곤으로 친다면, 적의 주요 전력은 드래곤 세 마리와 프리 미니언들뿐이었다.

'동료가 없다니?'

다른 전력이 없다는 점이 말이 되지 않았다.

김철수만큼 강한 자가 마테리아가 부족할 리 없다. 용병을 고용하지 못할 이유가 없는 것이다.

하지만 달리 생각하니 이유를 짐작할 수 있었다.

'설마, 패널티인가?'

김철수는 시즌 1의 우승자인 채로 시즌 2에 참여했다.

다른 이들보다 월등히 강한 상태에서 시작했으니, 밸런스가 맞지 않다.

전투가 일어나는 족족 이길 수밖에 없으니, 시즌 2의 시작과 동시에 우승자는 결정된 것이나 다름없었다.

전장을 만든 신이 이런 일을 예견하지 못했을 리가 없으니.

'패널티로 동료를 만들 수 없는 게 아닐까?'

강력한 상태로 시즌 2를 시작했으나, 동료를 만들 수도 없고 용병을 고용할 수도 없다면?

시간이 흐르면 흐를수록 전장에서 이기기가 어려워질 것

이다.

유저들이 구성한 파티의 규모는 커져 가는데 김철수의 전력은 자신과 프리 미니언뿐이니 말이다.

'만약 추측이 맞다면……'

민재는 즉시 몬스터에게 뻗던 창을 거두었다.

동시에 적측 정글로 달려가기 시작했다.

'이길 수 있어.'

팍살라는 강하다. 이계에서도.

어마어마한 파괴력을 가진 마법이 있는 세상에서조차 드래곤은 절대자였다. 그 힘만큼 전장에서 태어난 팍살라도 강했다.

제아무리 유저가 고급 아이템과 룬을 사도 드래곤의 강함은 넘을 수 없는 산이었다.

하나 이는 전장에 참여한 유저가 1레벨일 때뿐.

프리 미니언은 레벨업을 할 수 없거나 레벨업을 해도 크게 강해지지 않는다.

드래곤 역시 전장 초반에는 절대적인 힘을 발휘하지만 시간이 흐를수록 점점 유저를 압도할 수 없게 된다.

민재는 초장기전을 경험하지 못했다. 유저가 어느 정도까지 강해질 수 있는지 아직 알지 못하는 것이다.

싸우고 또 싸우다 보면 언젠가는 드래곤조차 넘어설 수

있는 존재가 바로 유저가 아닐까 추측만 해 왔다. 그만큼 유저는 모든 것을 뛰어넘을 가능성이 있는 존재였다.

그런 유저가 적측엔 김철수밖에 없다면?

지금은 아군이 적보다 약하지만, 이쪽은 유저만 17명. 전력을 유지하며 경험치를 누적해 나가면 언젠가 적을 능가할 수 있을지도 모른다.

그러기 위해서 민재가 해야 할 일이 있다.

'김철수의 레벨업을 막아야 해.'

프리 미니언이 얻은 경험치는 주인에게 돌아간다.

세 개의 진격로에 김철수의 프리 미니언이 골고루 퍼져 있으니 그의 레벨업 속도는 민재를 월등히 앞지를 수밖에 없다.

이는 민재 혼자서 어찌할 수 없지만, 정글의 몬스터를 잡는 것 정도는 방해할 수 있다.

그런 생각으로 달려가는데, 김철수의 목소리가 들려왔다.

"슬슬 파악이 끝났나?"

퍼스파로 인해 혼자임이 발각당하자 전체 채팅을 한 것일까?

"김철수. 혼자서 정글 사냥에 나서다니. 다른 유저는 어디에 있지?"

"역시 잘 파악했군. 맞아, 전장에 유저는 나 하나뿐이지."

"……패널티인가?"

"시즌 2의 첫 전장부터 파티 메뉴가 사라졌다는 것을 알게 되었지. 어이가 없긴 했지만, 그리 나쁜 패널티는 아니야. 동료가 없으니 승자의 권리를 독식할 수 있어서 좋더군."

김철수가 웃는 소리가 들려왔다.

민재는 고개를 들어 앞을 바라보았다.

우주에 만들어진 전장 너머로 거대한 회색 벽이 보였다. 이 거리에서 전체를 보기엔 너무 거대해 벽으로밖에 보이지 않는 김철수의 영토. 저 크기가 가능한 이유는 모든 마테리아를 독식했기 때문이다.

"그렇다고 희망을 가지진 마라. 네가 애송이라는 점은 변하지 않으니까."

"괴로워하며 죽기만 바라라는 거냐?"

"지금 6렙을 찍었으니 보여 주지."

채팅은 끊겼다.

민재는 달려가는 속도를 늦추지 않았다.

대신 방향을 미드라인으로 틀었다.

'갱킹을 올 거야.'

상대는 프로게이머. 효율적으로 움직일 것이라 예상된다.

김철수가 6레벨을 달성한 지금, 그가 할 행동은 몇 가지로 나뉜다.

그중 가장 확률이 높은 건 미드라인 습격이었다.

넥서스를 지키기 위해선 모든 진격로가 귀중하다. 그중에서 가장 중요한 곳이 미드라인이다.

맵의 정중앙을 가로지르는 곳인 만큼, 이곳을 공략당하면 아군의 행동에 제약이 가해지는 것이다.

민재가 미리 움직인다고 해도 그를 쉽게 막을 수는 없다. 하지만 피해를 최소화시키는 것 정도는 가능하리라.

지금 상황에서 민재가 김철수보다 나은 점은 단 하나.

민재가 미드라인에 더 가깝다는 사실이다.

'시야 와드를.'

민재는 미드라인으로 오는 길목에 시야 와드를 설치했다.

때문에 합류하는 시간이 다소 늦어졌다. 대신 김철수의 진로를 파악할 수 있게 되었다.

민재는 미니맵을 살폈다.

아직 동료들 중 사상자는 없었다. 하나 포탑에 의지해 적의 공격을 간신히 막아 내고 있다는 점은 변함이 없었다.

"습격에 대비하세요!"

소리치자 아군의 행동이 더 수비적으로 변했다.

민재는 미드라인 인근의 수풀에 몸을 숨겼다.

아직 김철수의 스킬을 파악하지 못한 만큼 신중을 기하는 것이다.

창을 꺼내 들고 언제라도 달려갈 준비를 하는 순간,

위이잉!

난데없이 사이렌 소리가 머리에 울려 퍼졌다.

'뭐야?'

누군가 스킬을 사용했나 싶었으나, 그게 아니었다.

이 소리는 시스템 알림이었다.

외부의 공기를 통하지 않은 채 바로 고막을 때리는 소리.
전장에서만 들을 수 있는 중립적인 시스템이 왜 별안간 사이렌을 울린단 말인가?

의문에 대한 답은 곧 언어로 들려왔다.

[핵 공격이 감지되었습니다.]

'잠깐, 핵 공격이라고?'

민재는 경악했다.

한때 맵에 핵을 떨어뜨리는 게임이 지구에 있었다.

공격 범위가 넓은 데다 파괴력이 어마어마해 공격을 당하면 수많은 유닛이 몰살당할 정도였다.

그래서 유저들은 핵 공격이 감지되었다는 메시지가 뜨는 즉시 병력을 물리는 한편 지도를 훑었다. 핵이 떨어지는 위치가 지도에 표시되기 때문이다.

그러한 핵 공격이 전장에 가해진다니.

'제기랄!'

다급히 민재는 미니맵을 살폈다.

아군이 있는 장소는 세 곳.

핵이 떨어진다면 진격로일 것이 빤했기에 미니맵을 살피는 것이다.

한데 어디에도 핵 공격 표식은 없었다.

아마도 시야가 확보되지 않은 곳이 타깃일 터.

아군의 머리 위로 폭탄이 떨어지지 않더라도, 그 여파만 받아도 피해가 엄청날 것이다. 핵 공격은 그만큼 무서운 공격이었다.

"모두 피해요! 멀리!"

소리치자, 아군이 움직이기 시작했다.

하지만 얼굴에 의문이 가득했다.

"포탑은 어찌하오?"

비누엘이 물었다.

그들로서는 이해하기 어려울 것이다. 핵이 무엇이기에 저리도 다급히 소리치는지를.

"포탑 포기하세요! 목숨이 우선입니다!"

"알겠소!"

모든 진격로의 아군이 본진 방향으로 후퇴하기 시작했다.

그러자 포탑은 텅 빈 상태가 되어 버렸다.

적은 이때를 놓치지 않았다.

가아악!

적군 미니언이 포효하며 포탑으로 돌격했다. 그 뒤를 따라 덩치 큰 드래곤들이 맹공을 가하기 시작했다.

쿵, 콰광!

계속되는 공격을 버티지 못한 포탑에서 돌무더기가 떨어졌다. 이대로 공격이 계속된다면 파괴당하고 말리라.

'대체 어디서!'

민재는 미드라인으로 달려갔다.

그리고 진격로로 달려오는 적군 미니언을 척살하기 시작했다.

홀로 포탑을 방어할 수 없다. 공성하는 적이 강하고 수가 많다는 이유도 있지만, 더 큰 이유는 핵 공격이 포탑에 가해질 확률이 높기 때문이다.

수성한답시고 괜히 다가갔다가 공격을 당하면 오히려 손해였다.

그러니 민재가 할 수 있는 행동은 적의 추가 병력을 막는 일뿐이었다.

쾅쾅!

창 공격이 가해질 때마다 적군 미니언이 죽어 나갔다. 덕분에 증원되는 병력을 막을 수는 있었으나, 이 노력은 곧 수포로 돌아가고 말았다.

슈아아앙.

갑자기 공기를 가르는 소리가 들리며 하늘 위에서 거대한 기둥이 떨어져 내리기 시작했다.

미사일이었다. 그것은 미드라인 옆의 벽으로 떨어져 내렸다.

'젠장!'

민재는 급히 뒤로 물러섰다.

폭발 반경이 얼마나 될지 알 수 없어 일단 피하고 보는 것이다.

그때, 핵미사일이 바닥에 떨어지고 말았다.

번쩍!

순간적으로 세상이 새하얗게 변하더니, 곧이어 귀청을 찢어 버릴 정도의 폭음이 세상을 덮쳤다.

생각보다 범위가 넓었다.

민재는 서둘러 수풀로 대피하려 했지만, 원형의 충격파

는 그칠 줄을 몰랐다.

결국, 충격파가 몸을 덮치고 말았고,

화아악!

피부가 뜨거워질 정도의 바람이 몸을 휘감았다.

'으윽.'

화끈한 통증과 함께 민재는 200가량의 데미지를 입었다.

체력에 비해 큰 데미지는 아니었다.

하지만 거리가 이렇게나 떨어져 있는데도 피해를 입다니.

폭발의 중심에 서 있었다면 민재조차 무사하지 못했을지도 몰랐다.

그만큼 핵 공격의 파괴력은 엄청났다.

체력이 절반 정도나 있던 포탑이 공격 한 번에 무너지고만 것이다.

[포탑이 파괴되었습니다.]

미드라인의 포탑이 씻은 듯 사라졌다.

그뿐만 아니라 공성하던 적군 미니언 역시 증발해 버렸다.

드래곤조차 살아남지 못했다.

팍살라만큼이나 강력한 황금색 드래곤이 시체가 되어 포

탑 인근에 쓰러져 있는 광경이 눈에 들어왔다.

'미친놈!'

저절로 욕이 나왔다.

공성을 위해서 아군을 미끼로 사용하다니.

사라에게 들었던 그대로다.

"이럴 수가……."

대피했던 아군의 입에서 경악이 터져 나왔다.

민재의 말을 듣고 멀리 대피를 했는데도 동료들은 데미지를 입었다. 이런 공격은 어디서도 보지 못했던 것이었으리라.

하나 놀라움은 이미 지나간 일이고, 그보다 더 급한 일이 생겼다.

"포탑이!"

탑라인과 봇라인의 포탑이 무너지려 하고 있었다.

아군이 대피한 틈을 타 시작된 공성이 끝나가는 것이다.

"조심해서 막으세요!"

민재는 소리치곤 곧바로 탑라인으로 향했다.

가도 이미 늦었을 확률이 크지만, 혹시나 싶어서 달려가 보는 것이다.

아군 역시 서둘러 수성하기 위해 달려갔으나, 포탑이 붕괴되는 것이 먼저였다.

쿠앙!

[포탑이 파괴되었습니다.]

[포탑이 파괴되었습니다.]

'젠장!'

세 개 진격로의 포탑이 모두 파괴되었다.

전장이 시작된 지 얼마 되지도 않았는데 벌써 이 지경이라니.

힘이 빠질 지경이었다.

하나 여기서 포기하면 적은 더 강해지고 말 터.

"풍룡!"

[먼저 가겠다!]

풍룡이 동료들 틈을 벗어났다. 땅을 박차듯 날아올라 순식간에 적과의 거리를 좁혀 나갔다.

포탑을 부수고 뒤로 피신하던 적은 더 빨리 달리기 시작했다. 하나 거대 두더지는 예외였다.

꾸륵!

두더지는 몸을 웅크리는가 싶더니 갑자기 점프를 시도했다.

덩치에 걸맞지 않게 빨랐다. 풍룡은 피할 수 없었다.

[이크!]

급히 날개로 제동을 걸곤, 입을 벌렸다.

파파팟!

칼날 태풍이 두더지를 덮치는 순간, 두더지 역시 풍룡을 물었다.

가가각!

두더지의 두꺼운 피부가 갈려 나갔다. 브레스를 코앞에서 맞은 만큼 두더지의 피해가 엄청났다. 단숨에 체력이 1만 이상 빠지며 죽기 직전의 상태가 되었다.

하나 풍룡도 무사하지 못했다.

네 발로 풍룡의 몸과 목을 거머쥔 두더지가 몸을 웅크렸다.

콰득!

뼈 부러지는 소리가 울리며, 민재는 가슴에 시큰한 통증을 느꼈다.

풍룡이 죽어 버린 것이다.

허무할 정도의 죽음이었으나, 그 덕분에 민재는 공격을 할 수 있었다.

탁!

쏘아지듯 날아간 민재는 창 공격을 가했다.

"하아압!"

엄청난 힘이 실린 공격이 두더지의 목을 강타했다.

콰앙! 끼익!

체력이 상당히 빠져 있던 두더지는 한 방에 즉사하고 말 았다.

이로 얻은 경험치로 민재는 레벨업을 했다.

화아악!

몸에서 빛이 나며 핵 공격으로 입었던 데미지가 모두 회 복되었다.

이로써 4레벨.

동료들이 아직 2레벨 언저리인 것에 비하면 민재는 독주 하고 있었다.

하나 김철수는 이보다 훨씬 성장이 빠를 것이 아닌가. 핵 공격을 가하기 전에 6레벨이었으니, 지금은 7레벨은 되 었을 것이다.

민재는 김철수가 계속해서 강해지고 있다는 점이 걱정되 었다.

후우우.

숨을 고르고 있으니 동료들이 달려왔다.

"민재!"

"어떻게 된 일인가?"

체게게가 물어 왔다.

"핵 공격이야. 일단 공성부터."

쉴 시간이 없었다.

민재는 적군의 포탑으로 달려가며 간략히 설명했다.

다들 이해하지 못하는 눈치였으나, 그 파괴력만은 몸서리칠 정도로 경험했으리라.

"그런 공격을 어떻게 막아야 하는가?"

"나도 아직 몰라."

핵 공격을 감지할 수 있는 수단이 있다면 좋겠으나 아직 발견하지 못했다.

"그것이 김철수의 궁극기인가?"

"단독은 아니겠지."

의심 가는 점이 있었다.

일반적인 스킬이 이렇게나 강할까? 그럴 수도 있지만, 김철수가 능력으로 스킬 파괴력을 강화하지 않았을까 싶었다.

그는 이전에 자신의 입으로 말했다.

시즌 1의 보상으로 얻게 된 능력이 폭탄 같은 것이라고.

'김철수의 궁극기는 핵 공격. 거기에 능력까지 사용했으니 저런 파괴력이 가능하겠지.'

두 가지가 섞였다면 이런 황당한 공격이 이해가 갔다.

하지만 이 때문에 다른 문제가 생겼다.

한 가지 스킬에 능력을 부가할 수 있다면, 일반 공격이나 다른 스킬에도 능력을 사용할 수 있다는 것이다.

그렇게 생각하면 김철수의 스킬 하나하나가 모두 엄청난 파괴력을 가질 수 있다는 뜻이 된다. 언제 어떤 공격에 폭탄 능력을 사용할지 모르니 말이다.

고민되었지만, 아직 전장의 초반이다.

천천히 적의 능력을 파악해 나가면 언젠가는 승기가 보이리라.

그런 마음으로 민재는 적의 포탑에 다가갔다.

하나 방어자가 있었다.

'김철수……'

그가 포탑 옆에 서 있었다.

두더지를 해치운 김에 공성까지 하려 했지만, 김철수가 막아서고 있다면 공성이 실패할 가능성이 컸다.

"한 명도 죽지 않다니, 의외인걸?"

김철수가 피식 웃었다.

"궁극기에 능력을 사용했나?"

"역시 이런 데엔 눈치가 빠르군. 프로가 되었다면 쓸 만했겠어. 물론 그럴 일은 없겠지만."

김철수가 고개를 저었다.

민재는 김철수를 노려보았다.

그의 대답이 진실인지 파악하려는 것이다.

노려본다고 뭐라도 알 수는 없었지만, 그의 대답이 사실일 가능성이 컸다.

김철수는 너무 여유로웠다. 전장에 참여했다기보다는 캠핑이라도 나온 듯 보였다.

민재와 동료들을 우습게 보고 있으니 가능한 일이 아니겠는가.

김철수는 웃음을 멈추더니, 손가락으로 총을 만들어 겨누었다.

"하지만 다른 쪽은 눈치가 느리군, 빵!"

그는 장난하듯 소리 냈다.

하지만, 번쩍!

뭔가가 그의 손에서 쏘아졌다.

엄청나게 빨랐다. 눈으로 좇기 어려울 정도라 빛이 났다고 느끼는 순간, 이미 공격은 민재를 스쳐 지나간 뒤였다.

쾅!

등 뒤에서 소음이 들림과 동시에 시스템 음성이 들려왔다.

[적 선취점 달성!]

'뭣?'

"체게게!"

토끼가 소리치는 것이 들려왔다.

서둘러 미니맵을 살피자 체게게가 까맣게 탄 채로 쓰러

지는 모습이 눈에 들어왔다.

순식간에 죽다니.

그것도 공격 거리마저 엄청나게 멀지 않은가.

"저격 스킬이다. 한 번 당해 봤으니 알 거야."

"미친 새끼!"

정글에서 민재가 맞았던 스킬이 분명했다.

민재는 창을 거머쥐었다.

하지만 김철수에게 달려들지 못했다.

풍룡이 죽은 지금, 포탑의 수호 아래에 있는 그를 잡을 수단이 없었다.

김철수는 여전히 여유로웠다.

"아직도 상황 파악을 못 했나? 하나 더 보여 주지."

김철수가 한쪽 팔을 들어 올렸다.

민재는 섬뜩함을 느꼈다.

놈이 무슨 공격을 할지 예상할 수 없는 지금, 해야 할 행동은 정해져 있었다.

"피해요!"

소리치며 민재가 앞으로 돌격했다.

화살처럼 직선 공격이 가해진다면 막아 보려는 것이다.

민재는 동료들에 비해 체력이 월등하다. 김철수의 스킬을 맞고도 살 확률이 크기 때문에 방패가 되려는 것이다.

하나 공격은 직선형이 아니었다.

삐지징!

기묘한 전자음이 들리는가 싶더니, 김철수의 팔에서 뭔가가 쏘아졌다.

길쭉한 모양의 그것들은 수십 개나 되는 데다 크기마저 거대했다.

'탄도미사일?'

민재의 입이 벌어졌다.

하늘로 쏘아 올려진 미사일들은 화살처럼 곡선을 그리며 아군을 덮쳤다.

콰과과과광!

폭음이 연이어 터지며 땅이 진동했다.

급히 뒤돌아섰지만, 이미 공격은 끝난 뒤였다.

열기와 화염에 휩싸인 진격로는 이미 폐허가 되었고, 살아남은 자는 보이지 않았다.

[적 펜타 킬!]

토끼와 여우, 마수 두 마리와 프리 미니언들.

폭격이 가해진 곳에 있던 아군이 몽땅 죽어 버렸다. 민재를 제외한 탑라인의 모든 아군이 단시간에 죽어 버리고 만 것이다.

"이게 대체……."

너무 순식간이라 말도 제대로 나오지 않았다.

하지만 분노는 가슴을 뚫고 밖으로 튀어나올 것만 같았다.

민재는 즉시 돌아섰다.

"말했지 않나? 희망을 버리라고."

김철수는 웃고 있었다.

"이 새끼가!"

하마터면 달려들 뻔했다.

하지만 민재는 간신히 이성을 잡았다.

지금 달려들면 김철수를 공격할 수 있다.

하지만 놈은 포탑 안에 있는 상황. 혼자서는 그를 이길 수 없다.

하지만 지금 후퇴하면 놈은 더 강해지고 만다.

스노우볼(Snowball).

일명 눈덩이 굴리기.

조금이라도 이익을 얻었다면 그것을 발판 삼아 차이를 계속 벌려 나가는, 프로게이머들의 전략이다.

가랑비에 옷 젖듯 이런 상황에서 몸을 사리면 격차는 계속해서 커지고 커져 감당할 수 없을 정도가 되고 만다.

그것을 막으려면 상대방이 예상치 못한 행동을 해야 한다.

민재는 머릿속으로 계산기를 두드렸다.

김철수는 스킬이 세 개나 빠졌다.

'지금 상황이라면 놈을 상대할 수 있지 않을까?'

하지만 김철수의 태도가 민재의 발목을 잡고 있다.

놈은 너무 여유로웠다.

민재가 알지 못하는 어떤 것으로 돌격에 대한 대비를 이미 해 둔 건 아닐까?

고민은 많았으나 시간은 짧았다.

하지만 순식간에 결론은 났다.

'죽더라도, 뒤를 위해선 놈의 스킬을 모두 알아내야 해!'

민재는 돌격을 감행했다.

타악!

튕겨 나가듯 앞으로 달렸다.

이동 속도가 남달랐기 때문인지, 여기서 돌격할 줄 몰랐던 탓인지 김철수의 표정에 변화가 생겨났다.

놀라움.

하나 곧 그의 입꼬리가 올라갔다.

"이것도 예측하고 있었다!"

김철수는 뒷걸음질 치며 한쪽 팔을 앞으로 뻗었다.

'스킬?'

민재는 급히 초보자용 방패를 앞으로 내밀었다.

놈의 스킬은 엄청나게 강력할 것으로 예상되는 바.

초보자용 방패 정도로 타격을 막을 수는 없겠지만, 데미지를 분산시키는 것 정도는 가능하리라.

하지만 놈의 손에서 쏘아진 것은 기본 공격이었다.

파앙!

파란색의 마법 화살이 쏘아져 방패를 쳤다.

욱신거리는 충격을 느꼈지만 민재는 돌격을 멈추지 않았다.

혜성처럼 돌진해 창격을 꽂아 넣었다.

김철수는 팔을 들어 앞을 막았다.

쾅!

굉음이 터지며 김철수의 상체가 휘청거렸다.

모든 전투력 수치가 민재보다 높은 그이기는 하나, 샤나의 버프까지 걸린 민재의 공격도 약하지만은 않았다.

체력에 비해선 작지만, 서로가 큰 피해를 입은 상황.

하나 민재의 공격은 여기서 끝이 아니었다.

"강탈!"

김철수가 가진 가장 강력한 공격 아이템을 빼앗았다.

불끈.

힘이 느껴짐과 동시에 민재의 움직임이 빨라졌다.

김철수에게서 빼앗은 아이템은 전설급.

숱하게 전장을 거친 민재도 구경 못 해 본 특급 아이템이었다.

공격력은 물론이고 공격 속도까지 엄청났다. 아이템 하나로 민재의 힘이 비약적으로 강해진 것이다.

거기에 더해, 민재는 약탈 스킬까지 사용했다.

"약탈!"

츄아악!

민재의 등 뒤에서 빛다발이 생겨났다.

주변의 시체에서 아이템을 뽑아 쓸 수 있는 민재만의 패시브 스킬.

하나 빛의 크기가 평소와는 달랐다.

더욱 커지고 진해진 빛은 나타나자마자 빠른 속도로 민재에게 날아오기 시작했다.

프롬이 마련해 준 플러그 아이템으로 약탈 스킬의 효율이 크게 증가한 것이다.

체력 회복은 물론이고 아이템의 효율이 세 배로 증가했다.

아군의 시체가 다섯이나 있는 데다 그 아이템까지 최고급이니, 민재의 전투력은 비약적으로 증가할 수밖에 없었다.

그런 아이템이 민재에게 날아오고 있는 사이,

찌이잉!

포탑이 빛을 뿜으며 민재를 공격하기 시작했다.

"아이템을 빼앗다니!"

김철수는 놀라 소리치며 한쪽 팔을 뻗었다.

이번에는 정말로 스킬을 사용하려는 모양.

하나 민재가 한발 빨랐다.

"갈취!"

공격과 함께 김철수의 스킬을 빼앗아 버렸다.

그것이 무엇인지 확인하지도 않은 채, 민재는 스킬을 사용했다.

"더블 스킬!"

차아앙!

갑자기 유리 깨지는 소리에 민재는 놀랐다.

'더블 스킬?'

스킬 이름만 보아도 감이 왔다.

스킬을 연속으로 사용할 수 있게 만들어 주는 기술일 터.

민재는 곧바로 외쳤다.

"탈취! 탈취!"

파팡!

연속으로 스킬이 들어갔다.

순식간에 김철수의 몸에서 시퍼런 불길이 치솟았다.

그는 서둘러 민재에게서 벗어나려 했으나 움직임이 너무 느려져 버렸다. 이동 속도를 연이어 빼앗기자 슬로우 마법에 걸린 것처럼 몸이 제 속도를 내지 못하는 것이다.

"제기랄!"

김철수의 입에서 욕설이 튀어나왔다.

경악한 표정으로 그는 움직였다. 도망칠 수 없음을 깨닫곤 반격을 하려는 것이다.

파팍! 쾅!

서로에게 기본 공격이 가해졌다.

막강함 힘이 실린 공격은 연타로 가해져 서로의 체력을 깎아 나갔다.

피해는 양 측이 동일했다.

본디 민재보다 월등히 공격력이 강한 김철수였으나, 아이템을 빼앗기자 민재와 별 차이가 없어지고 만 것이다.

포탑도 민재를 공격하고는 있었으나, 이는 민재의 스킬 공격과 엇비슷할 정도였다.

그런 상황에서 약탈 스킬의 빛이 민재에게 스며들기 시작했다.

스파팟!

빛 덩어리 하나가 등에 닿을 때마다 민재의 체력이 급속도로 회복되어 갔다.

동시에 민재의 전투력이 높아졌다. 동료들의 아이템으로 강해지고 있는 것이다.

'이길 수 있어!'

민재의 얼굴에 화색이 돌았다.

죽기를 각오하고 뛰어든 돌격이었다.

스킬 사용을 최소화한 채 적의 스킬만 유도해 낸다, 그런 생각이었지만 자신의 스킬이 먹혀들어 가자 도리어 공세를 취했던 것이 주요했다.

"이런 말도 안 되는!"

김철수는 몸을 좌우로 움직이며 공격을 해 왔다.

이동 속도가 느려진 지금 도망치기보다 포탑을 낀 채 싸우는 쪽을 택한 것이리라.

파파팡!

민재의 체력은 순식간에 차올라 완전히 회복되었다.

하나 김철수의 체력은 30%나 빠져 버렸다.

이대로 싸운다면 민재가 이길 수밖에 없는 상황이다.

하나 민재는 방심하지 않았다.

김철수에겐 다른 카드가 있다.

"죽여 주마!"

별안간 김철수의 주먹에서 빛이 뿜어졌다.

시뻘건 빛은 파괴를 담고 있는 듯했다.

'폭발 공격!'

골드를 소모해 기본 공격에 폭발 능력을 사용할 것이라 예상했었다. 한데 정말로 가능하다니.

슈욱!

김철수가 돌격해 오며 주먹을 뻗었다.

배를 얻어맞자,

쾅!

'윽!'

폭음이 일며 민재의 체력이 급감했다.

그렇지 않아도 강력한 기본 공격인데, 폭발 기술이 더해지자 비약적으로 강해진 것이다.

'제기랄!'

민재는 조급함을 느끼며 공격을 계속해 나갔다.

일반 스킬은 모두 사용해 버렸다.

궁극기는 무용지물이었다.

김철수의 공격은 기본 공격에 폭발력을 더한 공격. 궁극기로 막을 수 있는 공격이 아닌 것이다.

포탑의 공격은 누적될수록 강해진다. 이대로 계속 싸우게 되면 김철수와 자신, 둘 중 하나는 죽고 말리라.

물러서야 할까?

민재는 아니라고 생각했다.

아직 체력이 많은 자신이 유리하다. 그렇지 않더라도 그렇게 믿고 싸워야 한다.

일대일 싸움은 패기.

쾅쾅!

공격이 연달아 터지며 둘의 체력이 쭉쭉 빠졌다.

결국 체력바는 가느다란 실처럼 낮아지고 말았고, 마지막 공격이 서로를 타격했다.

쾅! 퍼억!

충격음이 들림과 동시에, 세상이 회색빛으로 물들어 버렸다.

[적은 전설입니다.]

[적 더블 킬.]

[이민재 님이 적의 대량 학살을 막았습니다.]

러브 샷이었다.

민재도 죽고 샤나도 죽고, 김철수도 죽고 말았다.

'잡았어!'

민재는 소리쳤다.

자신이 죽고 세상은 시커멓게 변했지만, 김철수를 잡았으니 그야말로 다행이 아닌가.

전장이 시작될 때만 하더라도 승리가 보이지 않았는데,

이제는 보이기 시작했다.

김철수는 민재에 비해 월등히 강하다. 전투력 수치만 보면 절대 상대할 수 없는 적이었다.

하지만 민재는 적의 강함을 이용할 수 있었다.

적이 강하면 강할수록 자신 역시 강해지는 스킬의 소유자가 아니던가.

'가능성이 있어.'

민재는 주먹을 쥐며 미니맵을 살폈다.

포탑은 3대0이었다. 아군 측은 세 개가 파괴되었고, 적은 무사하다.

민재가 탑라인에서 김철수와 싸우는 동안 봇라인의 동료들이 공성을 시도했지만 실패한 상황이었다.

지금은 양자 모두 귀환 주문을 사용하고 있었다. 맵 전체가 소강 상태였다.

어느 정도 시간이 지나자,

파파팟!

민재는 부활했다.

세상이 제 색깔을 되찾으며 신전이 눈에 들어왔다.

곁에는 동료들이 보였다.

탑라인에서 죽어 나간 동료들과 정비를 위해 봇라인에서 귀환한 자들이었다.

"김철수를 이기다니, 잘했네!"

마수가 소리쳤다.

미니맵으로 전투 상황을 본 것인지 얼굴이 들떠 있었다.

동물들이 호들갑을 떨며 축하를 해 왔다.

"멋졌어!"

"이길 수 있겠소!"

민재 역시 기뻤으나 아직은 승리를 장담할 때가 아니다.

"포탑 수에서 밀리고 있어요. 축포는 아직 이릅니다."

"당연하지, 암. 그래도 적이 1데스를 기록했으니 희망이
보이는 게 아닌가."

"전진하죠."

민재는 아이템을 구매했다.

연속 킬을 달성한 김철수를 죽이자 상당히 많은 골드를
얻게 된 것이다.

동료들 역시 아이템 구매를 마치고 진격로로 향했다.

민재는 김철수의 스킬을 생각했다.

궁극기는 핵 공격.

굉장히 먼 거리에서 핵을 쏠 수 있다. 파괴력은 짐작하
기 어려울 정도로 엄청났다.

액티브 스킬은 저격, 탄도미사일, 그리고 연속 스킬이었
다.

하나하나가 까다롭고 강력했기에 이후의 전투를 예상하기 어려웠다.

그리고 미지의 스킬 패시브.

하지만 그리 강력한 스킬은 아닐 것이라 예상되었다. 패시브가 눈에 띌 정도로 강했다면 김철수가 죽었을 리 없으니까.

그렇게 이동을 하는 도중,

"이번은 실수였다. 만만히 봐선 안 되겠어."

김철수의 전체 채팅이 들려왔다.

민재는 즉시 화답했다.

"네 스킬 파악은 끝났어. 여유도 끝이야."

"동의하지. 그런 기이한 스킬이라니, 어떻게 하면 그런 스킬을 얻을 수 있지?"

"지금 알려 줘도 쓸 일 없잖아."

"그렇군."

김철수가 헛웃음 소리를 내더니 다시 말했다.

"사자는 토끼를 잡을 때조차 최선을 다해야 하는 법인데, 네 말대로 너무 여유를 부렸군. 정식으로 상대해 주마."

"기대하지."

채팅은 끊겼다.

민재는 곧바로 미니맵을 살폈다.

여유롭게 대화했지만 긴장은 여전했다.

이번에 김철수를 잡을 수 있었던 건 그가 방심했기 때문이 컸다.

스킬이 새 개나 빠진 상황이 아니었더라면 제아무리 민재라도 킬을 만들어 낼 수 없었을 것이다.

이제 김철수는 더는 방심하지 않을 것이니 앞으로의 전투는 더욱 힘겨워질 것이라 예상했다.

"모두 2차 포탑 방어에 중점을 두세요. 팍살라, 너는 나와 같이 가자."

[미드라인은 버리는가?]

팍살라가 물었다.

진격로 하나당 드래곤 한 마리씩 배치된 상황이다. 그들이 있기에 포탑 방어가 가능하지, 한 마리라도 빠지면 그쪽 진격로는 수성이 어려워진다.

"해룡이 미드라인으로 가."

[그럼 봇라인이 비는군.]

"어쩔 수 없지. 미냐세, 비누엘, 부탁해요."

"힘들어도 할 수 없는 일이겠지. 무너지기 전에 수를 내주게."

비누엘이 고개를 끄덕였다.

이 결정으로 봇라인이 위험해지더라도 어쩔 수 없는 일이다.

지금 상황에서 김철수를 막을 수 있는 자는 민재뿐.

김철수가 어디서 습격을 해 올지 예상할 수 없는 지금, 이동 속도가 빠른 팍살라를 타고 민재가 이동하는 것이 가장 합리적인 대처라고 할 수 있다.

민재는 비누엘에게 말했다.

"수동적으로만 행동하진 않을 거예요."

"그럼 어찌할 생각이오?"

"몰래 공격할 생각입……."

대답하던 그때.

위이잉!

사이렌 소리가 진동했다.

[핵 공격이 감지되었습니다.]

'뭣?'

민재는 경악했다.

김철수가 스킬을 사용한 지 얼마 지나지 않은 시간이었다. 그런데 또다시 스킬을 사용하다니.

'이번엔 대체 어디야!'

민재는 전장 곳곳을 살펴 나갔다.

그러나 핵 공격 표식은 어디에도 보이지 않았다.

"제기랄! 흩어져요!"

"이런!"

동료들이 긴급히 도주했다.

"꽉살라!"

[타라!]

민재가 등 위에 오르자 꽉살라가 날아올랐다.

상공에 뜬 상태로 민재는 다시 한 번 미니맵을 점검했다. 여전히 표식은 눈에 들어오지 않았다.

"퍼스파!"

삐약!

퍼스파들이 사방으로 흩어지며 시야를 확보해 나갔다. 시야가 점점 넓어지고 있었지만, 이미 늦었다는 생각이 든 후였다.

'제발.'

민재가 할 수 있는 건 핵 공격에 아군이 무사하길 바라는 것뿐이었다.

그때, 핵이 떨어졌다.

슈아악!

불기둥을 단 미사일이 고속으로 지면을 강타했다.

위치는 봇라인.

한데 위치가 황당했다.

아군은 2차 포탑을 지키려다 본진 쪽으로 도망치고 있었
다.

폭발의 여파에서 자유롭지는 않았으나 적은 피해만으로
끝낼 수 있게 포탑과 거리를 충분히 벌렸다.

한데, 핵 공격은 아군의 행동을 예상이라도 한 듯, 머리
위에 떨어졌다.

"아아아……."

미냐세가 위를 쳐다보며 입을 벌리는 모습이 보이는 찰
나,

콰아앙!

거대한 폭발이 동료들을 집어삼켜 버렸다.

[적 쿼드라 킬!]

핵 공격 한 번에 봇라인의 동료 넷 모두가 전사하고 만
것이다.

"김철수!"

민재가 소리쳤다.

머릿속이 혼란으로 가득했다.

별다른 전투 한 번 해 보지 못한 채 진격로 한 개가 전멸
당하다니.

화가 머리끝까지 치솟았지만, 민재는 전장의 지휘자였
다.

냉철히, 냉정하게 전황을 살피고 다음 전략을 생각해 내야 했다.

'우으으.'

민재는 주먹을 쥔 채 분노를 가라앉혔다.

핵 공격은 재사용 대기 시간이 짧다. 범위도 넓고 파괴력까지 우수하다. 폭탄이 떨어지는 장소를 예측할 수조차 없었다.

그야말로 사기라는 말이 튀어나올 정도로 강력한 스킬이다.

이런 스킬을 가진 적이 머리라도 나빴으면 그나마 다행이겠으나, 김철수는 프로게이머였다.

그는 신중하게 움직일 것이다.

틈이 보이면 바로 칼로 찌를 것이고, 조금이라도 위험하다면 미련 없이 후퇴한다.

숫자 하나로 승패가 갈리는 프로의 세계란 그토록 냉정한 법이다.

이런 상황이니, 반전을 노리기란 참으로 어려웠다.

김철수가 실수하기를 바랐으나, 이는 희망에 그치고 말 것이다.

[큰일이군. 멀리서 핵만 쏴 대면 막을 수 없지 않은가.]

팍살라가 말했다.

그가 생각하기에도 전황이 참으로 답답한 것 같았다.

하지만 민재는 포기하지 않았다.

"절대적인 전략은 없어."

강철에도 빈틈은 있다.

찾아내지 못했을 뿐, 세상 무엇에도 약점은 존재한다.

[약점이 없다면 어떻게 할 것인가?]

"운이라도 나쁘게 만들어야겠지. 팍살라, 적측 정글로 이동해. 스킬을 사용하기 전에 빼앗으러 간다."

[좋은 생각이군.]

파앙!

팍살라의 몸이 총알처럼 쏘아졌다.

속도가 엄청났기에 피부에 닿는 공기마저 쇠처럼 느껴졌다.

이동 속도는 정말 빨랐다. 괜히 한쪽 진격로를 버리면서까지 팍살라를 타는 게 아니다.

질주해 나가는 그때.

[음?]

"앗?"

민재와 팍살라 둘 다 놀라 버렸다.

정면에서 황금색 드래곤이 쇄도해 오고 있었기 때문이다.

놀란 것은 둘뿐이 아니었다.

황금색 드래곤도, 그 위에 타고 있는 김철수마저 눈을
부릅뜨고 있었다.

그도 이쪽 정글로 빠르게 날아오고 있었을 터. 아마도
전력 공백이 생긴 봇라인을 급습할 계획이었으리라.

하나 민재와 공중에서 마주치리라곤 예상치 못한 게 틀
림없다.

흐읍!

황금색 드래곤은 즉시 숨을 들이켰다.

날아오는 속도 그대로 브레스를 뿜을 생각인 것이다.

팍살라 역시 가만히 있지 않았다. 그 역시 숨을 들이켜
며 브레스를 준비했다.

김철수는 웃으며 팔을 뻗었다.

"여기서 마주치다니!"

팡!

그의 손에서 뭔가가 터졌다.

'저격 스킬!'

민재는 급히 몸을 틀었다.

하나 빛은 너무 빨랐다.

제대로 피하기도 전에 스킬은 명중했다.

콰앙!

하나 통증이 없었다.

공격당한 자는 민재가 아니라 팍살라였다.

날개를 얻어맞은 팍살라의 몸이 빙빙 돌았다.

동시에 그의 입에서 불길이 뿜어졌다.

화아악!

시뻘건 브레스는 직선으로 뻗어 나가지 못하고 허공에 흩뿌려졌다.

그제야 민재는 가슴에 통증을 느꼈다.

저격 스킬로 팍살라가 사망한 것이다.

낭패라는 생각이 든 그 순간, 골드 드래곤이 뿜은 브레스가 민재를 덮쳤다.

화르륵!

불길도 아닌 섬광이 순식간에 공기를 태우고 살을 태웠다.

'으아악!'

걷잡을 수 없는 섬뜩한 고통을 느끼며 민재는 팍살라에게서 뛰어내렸다.

탓!

화끈한 피부 사이로 바람이 스쳐 지나갔다.

시야가 회복되자 김철수가 손을 뻗으려는 광경이 눈에 들어왔다.

민재는 방어를 도외시한 채 곧바로 창을 뻗었다.

발아래에 동료는 없다.

도망쳐도 곧 죽을 상황이니 공격이라도 하고 보는 것이다.

쐐애액!

창은 호쾌하게 뻗어 나갔으나, 거리가 너무 멀었다.

민재는 눈썹을 찡그렸다.

근거리 공격 스킬만 가진 민재와는 달리 김철수는 원거리 공격도 가능했다.

번쩍!

김철수의 팔에서 다시금 빛이 뿜어졌다.

더블 스킬로 한 번 더 저격한 것이다.

'제기랄!'

날아가고 있는 중이라 피할 수도 없었다.

민재는 공격에 맞고 말았다.

쾅!

'으악!'

날카로운 통증이 가슴을 쳤다.

동시에 몸이 튕겨져 나가며 아래로 추락했다.

빙빙 도는 중에 골드 드래곤이 시야 밖으로 빠져나가는 모습이 포착되었다.

방향으로 보건대 놈이 향하는 곳은 미드라인일 것이다.

"우르자! 카락크! 피해요!"

소리치고 나서야 민재의 몸이 바닥에 닿았다.

쿠앙!

욱신한 통증에 세상이 빙빙 도는 것만 같았다.

그래도 간신히 몸을 일으켜 달렸다.

균형을 잡기 어려웠으나 방향을 미드라인으로 잡을 수는 있었다.

달려가며 미니맵을 보니, 골드 드래곤은 이미 미드라인을 급습한 후였다.

쾅과광!

탄도미사일이 터지며 지축이 흔들렸다.

화염은 미드라인의 동료 전체를 삼켰고, 곧이어 시스템 음성이 참담하게 들려왔다.

[적 레전드리 킬!]

양과 우르자, 고블린, 그리고 마수 셋이 단번에 죽어 나갔다.

오직 해룡만이 건재했다. 체력이 절반 가까이 떨어지긴 했으나 그의 막강한 공격력은 변함없었다.

크아아!

해룡이 울부짖으며 꼬리를 휘둘렀다.

그러나 상대는 너무 높이 있었다.

육체적 스펙으론 당할 자가 없는 해룡이었으나 하늘 위를 공격할 수는 없었다.

그런 해룡을 보며 김철수는 고삐를 틀었다.

펄럭!

포탑의 공격을 받고 있던 골드 드래곤은 즉시 방향을 틀어 어둠 속으로 사라지고 말았다.

'으으으.'

민재는 달려가는 속도를 늦췄다.

미드라인의 아군이 모조리 죽어 버리자 진이 빠진 것이다.

하지만 이대로 멈춰 설 순 없다.

적군 미니언이 진군해 오며 포탑을 치려 했기 때문이다.

'김철수······.'

으드득.

민재는 이를 갈며 미드라인에 들어섰다.

그리곤 창을 들고 적군 미니언을 공격해 나갔다.

'저놈을 어떻게 잡지?'

까다로운 적이 드래곤을 이용해 기동력까지 확보했다.

냉철히 생각해도 김철수의 치고 빠지는 전략을 막을 방법이 없었다.

스킬이 재사용 대기 시간일 때는 피해 있다가, 스킬을 사용할 수 있게 되면 핵을 날리고 빈틈을 노린다.

이를 막기 위해선 핵 공격을 감지할 수 있어야 하는데, 도무지 방법이 없다.

아군이 똘똘 뭉쳐 공성을 한다?

민재는 살아남을지 모르나 범위 공격에 아군은 전멸하고 말 것이다.

그렇다면 민재 홀로 적진으로 돌격한다?

김철수는 모든 스킬을 민재에게 퍼부을 것이다.

창이 닿을 정도로 가까워야 제대로 싸움을 할 수 있는 민재는 무수한 공격을 당한 후에나 김철수에게 공격을 시도할 수 있을 것이다.

물론, 이미 그때는 체력이 너무 닳아 있어 공격을 몇 번 하기도 전에 사망하고 말겠지만.

궁극기를 사용하면 김철수의 스킬을 무마시킬 수 있다.

하나 이마저도 마땅치 않다.

민재가 궁극기를 사용하기 위해선 영혼이 필요하다.

한데 이 전장에서 얻을 수 있는 영혼은 아군의 것뿐.

민재가 궁극기를 사용해 김철수에게 다가가려면 아군을 죽여야만 한다.

'젠장!'

민재는 화풀이하듯 적군 미니언을 학살했다.

그러던 때, 체게게의 목소리가 들려왔다.

"민재! 적이다!"

"뭐?"

즉시 미니맵을 보자 적이 보였다.

거대한 두더지와 네 발 드래곤, 화기로 무장한 인간들이 탑라인을 급습하고 있었다.

김철수와 골드 드래곤만 없을 뿐, 나머지 병력이 한군데 뭉쳐 공성을 하려는 것이다.

"최대한 시간을!"

민재는 즉시 달렸다.

적의 세력은 아군이 수성하기 어려울 정도로 강성하다.

포탑을 끼고 싸워도 죽는 이가 나올 정도로 적의 전력이 더 강한 것이다.

그랬기에 미드라인도 포기하고 달려가고 있었건만, 적은 민재의 생각을 능가했다.

그어어어!

네 발 드래곤이 짐승처럼 울부짖으며 포탑으로 돌격했다.

포탑이 빛을 뿜으며 공격을 시작했고, 여우와 마수들이 마법을 날렸다.

불과 피가 터지며 드래곤의 체력이 떨어지기 시작했으나, 피해를 입은 적은 한 마리뿐이었다.

파도 밀려오듯 네 발 드래곤의 뒤를 적군이 뒤따랐다.

목숨을 도외시한 공격.

적이 의도하는 바는 명확했다.

일명 다이브(Dive)라 불리는 공격 패턴.

포탑의 공격을 맞을 각오를 하고 킬을 만들어 내는 전술이었다.

"제기랄, 피해요!"

민재가 다급히 소리쳤다.

이대로 포탑 근처에 머물다간 사상자가 발생할 것이다.

아군이 급히 뒤로 물러서기 시작했으나, 이미 한 타이밍 늦은 때였다.

쿠앙!

네 발 드래곤이 발을 구르자 아군 전체의 이동 속도가 확연히 느려지고 말았다.

"칫!"

체게게가 이를 악물고 돌아섰다.

그리곤 적에게 돌격했다.

도망칠 수 없음을 깨닫고 적을 하나라도 더 잡으려는 것이다.

콰광!

폭음과 화염이 연속으로 터져 나갔다.

적군, 아군 가릴 것 없이 스킬과 공격을 퍼부으며 상대의 죽음을 유도했다.

민재가 탑라인에 들어섰을 때, 싸움은 이미 끝이 난 후였다.

적군, 아군 모두 전멸.

살아 돌아간 이도 없고 시체가 되어 쓰러지지 않은 이도 없었다.

아군은 한 개 진격로의 전멸이었고, 적측은 단둘을 제외한 모든 전력의 죽음이었다.

숫자로만 본다면 아군이 크게 이익을 본 전투였다.

부족한 전력에도 참으로 잘 싸웠다는 생각이 들었다.

그러나.

김철수가 살아 있는 한 적군 프리 미니언은 얼마든지 부활할 수 있다.

반면 동료들의 목숨은 제한되어 있다.

'동료들을 모두 죽일 셈이냐, 김철수.'

민재는 허탈하게 멈춰 섰다.

이미 민재를 포함한 아군 전체가 1데스를 기록한 상황이었다.

탑라인의 아군은 모두가 2데스.

한 번만 더 죽게 되면,

'3데스……'

동료들이 되살아나면 신전에서 대기해야만 한다.

그러면 아군 중 다섯이나 힘을 쓸 수 없다. 전력이 낮아지는 만큼 승산은 줄어들고 만다.

유저끼리 팀을 이루면 강해진다.

하나 약점도 생겨난다.

3데스라는 절대 불변의 법칙은 양날의 검인 동시에 공포의 대상인 것이다.

김철수가 3데스를 유도하는 전략으로 다이브 공격을 계속해 온다면, 민재가 이길 가능성은 제로에 수렴하고 만다.

민재는 동료들을 죽일 생각이 없기 때문이다.

"김철수……"

민재는 전체 채팅으로 읊조렸다.

대답은 금방 들려왔다.

"왜 그러지? 정식으로 상대해 주고 있는데도 불만이 생겼나?"

냉정한 음성이었다.

민재는 조용히 말을 이어갔다.

"내가 게임을 포기한다면?"

"뭐?"

김철수는 되묻곤 말이 없었다.

당황이라도 한 것일까? 아니면 다른 계략을 생각해 내는 것일까?

잠시간의 침묵이 끝나고 그의 목소리가 들려왔다.

"게임을 포기해? 제정신인가?"

"만약 그렇게 한다면?"

"허가할 수 없다. 이미 대전 게임에 돌입한 이상 빠져나감은 곧 죽음이라는 사실을 모르지 않을 텐데?"

"알지."

전장의 계약은 절대적이다.

김철수의 말대로 대전 게임이 시작된 후, 무슨 일이 있어도 주최자는 게임을 끝내야 한다.

이기든 지든.

시작된 후에는 대전 조건을 변경할 수 없다.

민재가 게임을 포기하게 되면?

민재는 목숨을 잃고 말 것이고, 능력마저 김철수에게 빼앗기게 될 것이다.

끝까지 싸워서 지는 것이나 다를 바가 없는 결말이었다.

그러니 어차피 죽게 될 것이라면, 다 싸우고 난 후에도 늦지 않다. 그것이 의미 없는 발악이라도 말이다.

이 사실을 민재가 모르는 것은 아니었다.

이탈할 마음?

절대 없다.

그럼에도 민재의 마음은 편하지 않았다.

동료들의 목숨까지 위험하게 할 수는 없다는 생각이 들어서였다.

이런 생각을 동료들에게 말한다면, 그들은 듣지 않을 것이다. 그런 동료들이고, 그렇게 함께 싸워 왔다.

지금까지 3데스의 위협도 잘 헤쳐 왔다. 하나 이번 전투는 불길했다. 3데스를 피하기엔 적이 너무 강했다.

"이탈하고 싶다면, 차라리 두 번 더 죽어라. 내 손에."

"미쳤냐. 네놈한테 죽게?"

민재는 전체 채팅을 종료해 버렸다.

그리곤 앞으로 달리며 소리쳤다.

"해룡! 따라와!"

[파괴!]

과과곽!

해룡이 바닥을 갈며 질주해 왔다.

미드라인에 있던 그 역시 민재처럼 탑라인을 돕기 위해 와 있었다.

하지만 아군이 죽어 버리고 김철수가 스킬을 모두 사용

해 버린 지금, 민재가 해룡을 데리고 할 일은 오직 돌격뿐이었다.

'지더라도, 발악은 해 주겠어!'

물론 처음엔 질 생각은 추호도 없었다.

어떻게 해서든 틈을 만들어 내, 그 속을 비집고 들어가야만 한다.

탓!

달리던 민재는 뛰어올랐다.

그러자 해룡이 민재를 목에 태웠다.

[그아아아!]

해룡은 브레이크가 망가진 열차처럼 질주해 나갔다.

적군 미니언 한 무더기가 멈춰서 총을 들어 올렸으나 그뿐.

파파팍!

해룡의 무식한 돌진에 그들은 총 한 번 쏘아 보지 못하고 허무히 튕겨 나가 버렸다.

그다음 앞을 막은 것은 포탑.

"들이받아 버려!"

쾅!

돌격 속도 그대로 해룡이 포탑에 머리를 박았다.

거대한 포탑이 휘청일 정도로 강력한 공격과 함께 민재

의 창 공격이 시작되었다.

쾅쾅!

막아서는 자가 없었다.

괴수와 괴수급 전투력을 가진 민재가 연타를 가하자 포탑은 오래 버티지 못하고 무너지고 말았다.

[포탑을 파괴하였습니다.]

기세를 몰아 다시 전진했다.

김철수가 나타나기 전에 포탑을 하나 더 밀어 버릴 작정인 것이다.

두 번째 포탑 역시 무주공산이었다.

해룡은 그대로 달려가 또다시 박치기를 시도했다.

민재까지 공격하자 두 번째 포탑마저도 무너지고 말았다.

하나 그다음 포탑은 공략할 수 없었다.

억제기를 지키고 있는 본진의 포탑.

어느새 그 앞에 김철수가 내려서 있었기 때문이다.

"본진 포탑까지 줄 수는 없지."

골드 드래곤 역시 포탑 앞을 지키고 있었다. 여차하면 브레스를 뿜을듯 목을 늘어뜨린 채였다.

'이제는 무리겠지.'

김철수는 죽음에 민감하다.

유저가 혼자뿐이기에, 그의 목숨 하나에 모든 것이 달려 있었다.

스킬이 없어도 민재와 백중지세인 그가 포탑을 두 개나 내준 이유는 죽기 싫어서일 터.

하나 민재가 포탑 두 개를 부수는 동안 시간은 꽤 흘렀고, 그는 스킬을 다시 사용할 수 있게 되었다.

아직 모든 스킬을 사용할 수는 없겠지만, 스킬 한두 개 정도만 사용해도 능히 수성이 가능할 것이다.

그렇다고 해도 김철수는 적극적으로 싸움을 걸 수 없는 입장이다.

그만큼 민재의 스킬이 뛰어나기 때문이었다.

모든 스킬을 사용할 수 있을 때 비로소 김철수는 일대일 대결에 응할 것이다.

그의 그런 생각은 이미 꿰뚫고 있는 바.

이익을 보았으니, 지금은 후퇴할 차례였다.

민재는 뒤로 물러서며 말했다.

"다음에도 얌생이처럼 굴면 용서하지 않겠어."

"얌생이? 죽고 싶은가 보군."

"죽여 보시지."

도발하듯 말했으나 김철수는 달려들지 않았다.

민재는 지형지물에 몸을 숨긴 후 귀환 주문을 사용했다.

슈아악!

시야는 단숨에 신전으로 변해 버렸다.

그곳에서 아이템을 사자 동료들이 하나둘씩 부활하기 시작했다.

파파팟!

대부분 표정이 좋지 않았다.

민재와 샤나를 제외한 모든 이가 이번 전투로 목숨을 잃었다.

그런데 김철수는 죽이지 못했다.

민재는 그들을 보며 말했다.

"2데스를 기록한 사람은 신전에 남으세요. 밖으로 나가면 안 됩니다."

마수들은 잠자코 고개를 끄덕였다.

그러나 체게게는 굳센 눈동자로 대답했다.

"포탑이라도 지키겠다."

"안 돼."

핵폭탄이 어디에 떨어질지 예상할 수 없다.

2차 포탑도 밀리지 않았는데 설마 본진 안에까지 핵폭탄을 떨어뜨리겠나 싶었으나, 조심하는 게 좋다.

자칫하면 3데스를 당해 영영 죽어 버릴 수 있으니 신전에서 게임이 끝날 때까지 대기하는 게 옳다.

"신전에서 그냥 가만히 있으라고?"

여우가 입을 딱 벌렸다.

이제 게임 중반에 들어섰는데 아무것도 하지 말라니, 당황스러운 기분일 것이다.

"물론 그냥 구경만 하라는 건 아니야. 시야를 맡아 줘."

시야를 확보하면 핵폭탄을 피할 수 있을지 모른다.

민재 혼자서 지휘하며 시야 장악까지 책임질 수는 없으니 일을 분담하려는 것이다.

"신전에서 명령을 내리면 돼. 퍼스파와 다른 프리 미니언을 움직여서 포탑 주위를 밝혀 줘."

"그 정도야 할 수 있지만, 그걸로 될까요?"

토끼가 걱정스럽게 물었다.

"부탁합니다."

"네."

"아, 참, 아이템도 전부 팔아 치우세요."

"아이템을요?"

토끼가 고개를 갸웃했다.

드래곤들이 돈을 벌어다 주었기에 민재는 많은 골드를 확보했다. 하지만 다른 동료들은 부유하지 않았다. 진격로에 다수가 서서 골드를 나눠 가졌기 때문이었다.

그래서 골드로 구매한 아이템 역시 많지 않았다.

"아이템을 모두 팔아도 돈이 별로 안 되는데요?"

"그 돈이면 시야 와드를 많이 살 수 있어요."

"아! 알겠어요!"

동료 다섯이 신전에 남았다.

체게게와 토끼 그리고 마수 셋이었다.

이들은 아이템을 모두 팔아 버린 뒤 시야 와드를 구매했다.

그리곤 그것을 퍼스파와 자신들의 프리 미니언에게 주었다.

프리 미니언은 아이템을 소유할 수 없는 만큼, 이전에는 이들에게 시야 와드를 줘 봐야 헛일이었다.

하나 이 전장은 현실과도 같다.

프리 미니언도 시야 와드를 손에 들고 다닐 수 있는 전장인 것이다.

"다른 분들은, 이제 저와 함께 다니죠."

민재는 다른 동료들에게 말했다.

"음? 그 뜻은?"

비누엘이 물었다.

민재는 고개를 저었다.

"핵 공격을 피해야죠."

핵 공격은 어디에 떨어질지 예측할 수 없다.

그렇다면?

피해 버리면 된다.

"팍살라를 타고 움직이면 핵이 떨어지기 전에 멀리 도망칠 수 있을 겁니다."

핵이 어디에 떨어질지 예상할 수는 없지만, 무의미한 곳에 핵을 떨어뜨리지는 않을 것이다.

핵 공격이 감지되는 즉시 팍살라를 타고 정글로 도망쳐 버리면 되는 일이 아닌가.

"나쁜 의견은 아니오. 하지만 그리되면 포탑은 포기하는 수밖에 없구려."

"인원을 나누죠."

죽음이 한정된 유저는 팍살라를 타고 이동한다.

나머지 프리 미니언은 진격로로 흩어져 포탑을 방어한다.

이들의 목숨은 유저가 살아 있는 한 무한하니 좋은 방패가 되어 줄 수 있다.

누군 살고 누군 죽을 팔자라니. 참으로 냉정한 결정이었으나, 김철수 같은 자를 상대하려면 이 방법밖에는 없다.

"알겠소. 릴리엘, 잘 부탁한다."

"걱정 마세요, 아빠."

비누엘이 딸의 머리를 쓰다듬었다.

미냐세는 엄마를 안아 주었고 우르자는 딸을 지그시 쳐
다본 뒤 돌아섰다.

[만선이군.]

팍살라가 자세를 낮추자 민재와 동료들이 올라섰다.

"풍룡은 이리 들어와."

민재가 팔을 뻗자 풍룡이 연기처럼 변해 반지로 스며들
었다.

풍룡은 반지인 채로 다니다 여차하면 꺼내 쓰면 된다.

하지만 해룡이 문제였다.

덩치가 커서 팍살라에 탈 수도 없다. 그렇다고 하늘을
날 수 있는 것도 아니니.

"넌 미드라인 포탑을 지켜."

[알겠다.]

해룡은 즉시 포탑으로 달려갔다.

"팍살라, 가자."

비늘을 단단히 잡자 팍살라가 날아올랐다.

천천히 비행하며 정글로 들어섰다.

사냥을 하지도 않고, 시야를 확보하기 위해 분주히 움직
이지도 않았다.

적이 먼저 움직이길 기다리며 시간을 보내는 것이다.

반면 아군 프리 미니언은 활발하게 움직였다.

체력이 약한 이들은 모두가 시야 와드를 하나씩 들고 정글을 달렸다. 그러곤 적당한 교차로에 시야 와드를 하나씩 박아 나갔다.

전투력이 뛰어난 이들은 포탑 방어에 나섰다. 강력한 적군 미니언을 몸으로 막으며 수성에 몰두했다.

휘이잉.

민재는 팍살라의 등 위에서 미니맵을 살폈다.

어디에도 적의 움직임은 감지되지 않았다. 저쪽도 아군의 이동 경로를 파악하려는 것이 틀림없다.

서로가 힘을 응축한 채 선방을 늦추는 싸움.

전장에서의 정보전이 시작된 것이다.

'움직임이 없군.'

민재는 초조해졌다.

이미 아군 측 정글은 시야가 많이 확보되어 미니맵이 훤할 정도였다.

하지만 적군 측 정글은 어두웠다.

김철수가 무엇을 하고 있는지 파악할 방법이 없는 것이다.

'어쩔 수 없다.'

"퍼스파, 적측 정글로 진출해."

삐약!

노란 병아리들이 날아올랐다.

맵의 중앙을 지나 정글로 나아가자, 적이 포착되었다.

하나 그들은 김철수가 아니었다.

총과 냉병기로 무장한 인간 프리 미니언들이었다.

타탕!

그들은 즉시 총을 쏘아 퍼스파들을 죽여 버렸다.

순식간에 다섯이 죽어 나가자 민재는 퍼스파를 회수했다.

놈들은 아군 측 정글로 진출해 오기 시작했다.

사방으로 퍼지며 시야 와드를 설치하는 한편, 와드를 감지하는 렌즈를 꺼내 들어 아군의 와드를 제거해 나가기 시작했다.

'제기랄.'

김철수가 같은 생각을 하고 있다니.

전장이 이런 식으로 흘러가면 아군이 불리해진다.

물론 김철수가 골드를 소모하고 있다는 점은 좋았다. 시야 와드는 가격이 싸다고는 하나 골드를 소모하기 때문이다.

하지만 김철수는 정글에서 사냥을 하고 있을지도 모른다. 골드를 사용하는 만큼 다시 충전할 수 있는 것이다.

반면 아군은 사냥을 하고 있지 않았다.

시야 와드도 아이템을 팔아서 산 것이니, 한계가 있다.

현재 상태에서 이런 식의 시야 경쟁은 아군이 불리할 수밖에 없다.

'사냥을 해야 할까?'

민재는 고민했다.

자신과 동료들이 중립 몬스터 사냥에 나선다면 시야 와드 경쟁에서 지지 않을 수 있다.

하지만 그랬다간 언제 핵 공격을 당할지 모른다.

'아니야, 기다리자.'

민재는 꽉살라를 움직였다.

중립 몬스터도 없는 별 의미 없는 곳에 가만히 있자, 아군의 정글은 곧 어둡게 변하기 시작했다.

그 뒤로도 움직임을 보이지 않자, 김철수에게서 전체 채팅이 들어왔다.

"이름이 이민재라고 했었나? 만만치 않군. 전장에서 정보전을 할 줄이야."

김철수는 진정으로 재미있다는 듯 말했다.

"무슨 소리냐?"

"모른 척할 필요는 없다. 핵을 피하기 위해 위치를 감춘 것이 아닌가?"

"그렇게 생각하면 아까운 골드 낭비는 그만두지?"

"그럴 생각이다. 피차 와드 싸움은 시간 낭비일 뿐이야. 핵 공격을 바로 해 주지."

"위치도 파악 못 하면서 핵을 쏘겠다고?"

도발하기 위해 민재는 비웃듯 말했다.

하나 김철수의 웃음은 끊이지 않았다. 난처한 기색도 없이 도리어 자신만만했다.

"내기해도 좋다."

말소리가 끝나자마자 사이렌이 울렸다.

[핵 공격이 감지되었습니다.]

민재는 급히 미니맵을 살폈다. 이번에도 공격 위치를 알 수 없었다.

"무슨 내기?"

되묻자, 그는 여유롭게 답했다.

"한 발로 다섯 이상 지워 주지. 기대해도 좋아."

김철수는 채팅을 끊었다.

민재는 고민에 빠졌다.

아군의 위치는 들키지 않았다. 김철수가 허무하게 핵을 소비할 리는 없으니,

'이번 공격은 포탑에 떨어지겠군.'

"모두 피하세요."

어느 진격로에 핵이 떨어질지는 알 수 없다.

그래서 민재는 모든 진격로의 프리 미니언을 사방으로
흩어지게 했다.

수성하던 프리 미니언들은 포탑에서 충분히 거리를 벌렸
다.

그러자, 핵이 떨어지기 시작했다.

휘이잉!

불을 뿜으며 대지를 향해 떨어지는 절망의 기둥.

그것이 떨어지는 타이밍까지는 예측한 대로였다.

하나,

"뭐야!"

민재는 경악하며 소리쳤다.

핵이 떨어지고 있는 장소가 예상 밖의 장소였기 때문이
다.

'신전이라니!'

본진에서 가장 깊은 곳에 있는 장소인 동시에 죽으면 부
활하는 장소.

적이 진입하는 순간 무지막지한 공격을 퍼붓는 방어 병
기까지 있는 곳이라 전장에서 가장 안전한 곳이기도 하다.

그랬기에 민재는 안심하고 2데스인 동료들을 그곳에 위
치시킨 것이다.

한데, 신전 바로 위에 핵폭탄이 떨어져 내리고 있다니!

"꽉살라!"

그는 즉시 움직였다.

날개를 접은 채 최고 속도로 날아가기 시작했다.

하지만 거리가 너무나도 멀었다.

민재는 멍한 눈으로 미니맵 시야를 쳐다볼 수밖에 없었다.

위이잉.

동료들이 도망치기엔 미사일이 너무 빨랐다.

시린 강철로 몸을 감싼 미사일은 인정사정없는 속도로 떨어져 내렸다.

그 광경이 슬로우 모션 같았다.

마수 둘은 당황한 표정으로 위를 쳐다보고 있었다.

양과 토끼는 비명을 지르며 서로를 끌어안았다.

체게게는 반쯤 허탈한 표정으로, 그러나 곧 이쪽을 쳐다보며 말했다.

"이민재. 다음 생이 있다면 그때는⋯⋯."

웃음은 끝맺지 못했다.

번쩍!

콰아앙!

빛과 소음이 미니맵 시야를 덮어 버렸다.

"체게게! 로타! 프메하!"

민재는 소리쳤다.

하지만 들려온 음성은 매정했다.

[적 펜타 킬!]

"으아아아아!"

"어떡해!"

미냐세가 울부짖었다. 비누엘은 정신 나간 듯 헛웃음만 토해 냈다. 감정을 잘 표현하지 않던 우르자조차 손을 벌벌 떨었다.

'아직 죽지 않았을 거야!'

민재는 챔피언 리스트를 살폈다.

거기엔 죽은 동료 다섯의 명단이 있었다. 모두가 회색빛이었다. 그러나 기대했던 숫자가 보이지 않았다.

"부활 타이머가 없다니⋯⋯."

민재는 망연자실했다.

부정하고 싶었다. 동료 다섯이 죽어 버리다니, 사실이 아닌 것 같았다.

하나 3데스.

진정한 죽음이라 예상되는, 다시는 돌아올 수 없는 강을 건너게 한 숫자는 다시 보아도 변함이 없었다.

"이럴 수가⋯⋯."

현실은 매정했다.

탑라인을 지키던 프리 미니언 넷이 사라지는 게 눈에 들어왔다. 이들은 마수들이 데리고 온 프리 미니언. 주인이 죽자 전장에서 사라지고 만 것이다.

"민재……."

미냐세가 어깨를 짚었다.

멍청한 얼굴로 돌아보자, 미냐세는 눈물을 줄줄 흘리고 있었다.

그 얼굴을 보니 인정할 수밖에 없었다.

체게게와 동료들은, 영원히 죽어 버린 것이다.

'이리도 허무하게 죽다니.'

제대로 된 싸움도 못 하고 신전에서 죽어 버리다니.

자기 몸보다 큰 방패를 들고 자신만만하게 전장을 누비던 체게게에게 이보다 못한 죽음이 있을까.

눈물이 앞을 가렸으나, 그보다 더 짙은 분노가 폭발하고야 말았다.

"김철수……."

그때 전체 채팅이 들려왔다.

"와우. 설마 했는데 진짜 거기 있을 줄이야."

웃음기가 가득했다.

"김철수……."

민재는 씹어뱉듯 말했다.

"소 뒷걸음질 치다 쥐 다섯 마리나 잡았군. 오늘은 운이 좋은 날이야."

민재는 주먹을 부들부들 떨었다.

김철수가 어떤 의도로 저런 말을 하는지는 알고 있다.

심적 타격을 입었을 자신을 놀려 이성을 잃게 만들려는 의도일 것이다. 이런 도발에 넘어가선 안 된다는 사실까지 알고 있었다.

그러나 민재는 도저히 참을 수 없었다.

"죽여 버리겠어."

"어서 와라, 애송이."

"으아아아! 팍살라!"

민재는 소리쳤다.

팍살라는 즉시 방향을 틀었다.

[원하는 곳은 어디인가?]

"탑으로 가!"

팍살라는 무시무시할 정도의 속력으로 날아갔다.

미드라인의 해룡은 물론이고 다른 프리 미니언까지 포탑을 버렸다.

민재의 지시에 따라 모든 전력이 탑라인으로 향하는 것이다.

일직선으로 날아가고 있는 중이라 적이 설치한 시야 와

드에 위치를 노출 당했을 확률이 컸다.

하지만 민재도, 다른 이들도 상관하지 않았다.

오직 미냐세와 샤나만 멍하니 울고 있을 뿐, 민재를 포함한 다른 모두는 앞만 바라보고 있었다.

터질 듯한 심장은 더 크게 요동쳤다.

순식간에 날아온 팍살라의 앞에 포탑이 나타났다.

그곳에는 김철수와 그의 하인들이 진을 치고 있었다.

돌진을 예상한 듯 두더지와 네 발 드래곤이 철벽처럼 굳건히 서 있었고, 그 뒤에 인간들이 자리했다.

김철수는 골드 드래곤을 탄 채 포탑 위에 정지해 있었다.

"김철수!"

민재는 팍살라의 목에서 뛰어올랐다.

파악!

팍살라가 돌격하는 속도 그대로 날아올라 김철수에게 날아갔다.

창을 겨누는 찰나,

화르륵!

화아악!

두 드래곤에게서 브레스가 뿜어졌다.

그것은 허공에서 맞부딪쳐 사방으로 튀어 올랐다.

허공을 가르고 있던 민재는 큰 피해를 입었으나 신경 쓰지 않았다.

도리어 짐승처럼 소리치며 창을 앞으로 뻗을 뿐이었다.

"죽어!"

콰앙!

창과 주먹이 격돌했다.

어마어마한 충격이 원형으로 퍼지며 묵직한 통증이 뼈를 때렸다.

하나 민재는 충격을 흩어 버리듯 회전하며 김철수에게 접근해 나갔다.

"무모한 돌진이 아닌가!"

김철수의 눈동자가 희번덕였다.

그는 스킬을 사용하지 않은 채 가볍게 공격하고 있었으나 민재는 맹공을 가했다.

"강탈! 탈취! 갈취!"

스킬을 모두 사용하며 김철수의 전투력을 앗아 갔다.

그만큼 더 강해졌기에 민재의 공격은 가공할 만했다.

쾅쾅!

창 공격은 연이어 김철수의 사지에 박혀 들었다.

체력을 크게 잃은 그가 갑자기 뒤로 도약하듯 물러섰다.

동시에 그는 팔을 뻗었다.

'연속 스킬!'

행동만 보아도 그가 어떤 스킬을 사용하려는지 예상할 수 있었다.

대단위 공격 스킬인 탄도미사일은 이미 민재가 빼앗은 뒤.

김철수가 연속 스킬로 사용할 공격은 저격뿐이었다.

두 방이 연달아 터지면서 아군 둘이 즉사했다.

민재는 즉시 팔을 뻗으며 소리쳤다.

"풍룡 소환!"

콰아아아!

반지에서 거센 바람이 뿜어져 나오며 드래곤의 형상을 이루어 나갔다.

그것은 곧 숨을 들이켜며 브레스를 뿜을 준비를 했다.

하나 브레스는 뿜어지지 못했다.

번쩍! 번쩍!

김철수의 손에서 뿜어진 빛줄기에 관통당한 풍룡이 죽어 버리고 만 것이다.

욱신거리는 통증.

풍룡은 제대로 형상을 갖추기도 전에 죽어 버렸으나, 민재가 하고자 했던 일은 성공했다.

"이런!"

김철수가 낭패 섞인 표정을 지었다.

그도 저격 스킬 연발이 드래곤 하나에 가로막혀 무용지물로 끝나 버릴 줄은 예상치 못했을 것이다.

하나 김철수가 완전히 실패한 것은 아니었다.

바로 포탑.

이 장소 자체가 그가 설계한 것이다.

[적이 학살 중입니다.]

[적 더블 킬.]

[트리플 킬!]

시스템 음성이 고막을 울렸다.

민재가 김철수를 상대하는 동안 아군 여럿이 죽어 나간 것이다.

팍살라를 비롯한 아군이 분발하고 있었으나, 이곳은 적의 포탑 바로 옆이다.

아군에게 불리한 환경인 데다 적은 온전한 전력으로 만반의 준비를 한 채 전투를 시작했다.

아군에게 불리할 수밖에 없다.

하나 적의 가장 큰 전력인 김철수는 스킬을 모두 소모했다. 폭발력을 담은 기본 공격 역시 무시하지 못할 정도로 강했으나, 스킬이 없는 그는 넘을 수 있는 산이었다.

반면 민재의 힘은 강력해졌다. 더구나 민재는 지금보다 더 강해질 수 있는 여력도 있다.

"약탈!"

민재는 아군의 시체에서 아이템을 약탈하며 공격을 멈추지 않았다.

김철수는 이를 악물고 반격해 왔다.

어느 쪽도 물러설 수 없는 싸움이다.

아군도 적군도 도망칠 수조차 없다.

이쪽은 동료가 죽어 나간 후라 어떻게 해서든 성과를 봐야만 한다. 적측은 여기서 후퇴했다간 포탑은 물론이고, 억제기까지 밀리고 만다.

한쪽이 대패하지 않는 이상 결코 멈출 수 없는 싸움이다.

다만 김철수만은 몸을 뒤로 빼고 있었다.

프리 미니언은 죽어도 된다. 파괴된 억제기는 시간이 지나면 복구가 된다. 2데스만 되지 않는다면 김철수는 자신감 있게 테러해 나갈 수 있다.

그의 생각은 이러할 것이다.

민재는 김철수를 살려 보내지 않을 작정이었다.

푸욱!

창을 김철수에게 박아 넣은 채, 민재는 소리쳤다.

"탄도미사일!"

빼앗은 스킬을 초근접 거리에서 사용한다.

콰과광!

굉음과 함께 살이 터져 나가는 통증이 사지를 덮었다.

근거리에서 대단위 스킬이 터졌다.

민재도 김철수도 결코 무사하지 못할 공격이었다.

"으악!"

"윽!"

둘은 뒤로 튕겨져 나갔다.

민재의 체력이 더 낮았으나, 이는 곧 복구되었다.

슈아악!

약탈 스킬로 체력이 회복되고 있는 것이다.

어찌 보면 참으로 다행스러운 일이지만, 민재의 표정은
더 어두워졌다.

아이템을 훔쳐 체력을 회복시킨다는 것은 곧, 지금 이
시각에도 동료들이 죽어 나가고 있다는 소리가 아닌가.

"으아악!"

민재는 포효하며 김철수에게 달려들었다.

"끈덕진 놈! 하지만 여기까지다!"

김철수가 소리치며 단검을 꺼내 들었다.

그리곤 자신의 심장을 찌르며 외쳤다.

"혼폭!"

퍼엉!

소가죽 터지는 소리가 나며 김철수의 가슴이 폭발했다.

피가 사방으로 튈 정도로 엄청난 폭발이었다.

뼈가 보일 정도로 너덜너덜해졌지만, 놀랍게도 김철수는 움직이고 있었다.

"패시브 스킬!"

자신을 공격하는 스킬이라니.

황당한 스킬이라는 생각이 뇌리를 스쳤으나, 금세 잊고 말았다.

머릿속엔 오직 공격뿐이었다.

괴성을 지르며 공격해 나가자 시스템 음성이 종소리처럼 들려왔다.

[적 쿼드라 킬!]

[적 펜타 킬!]

[적은 전설입니다!]

아군이 죽어 나갔다.

그만큼 적도 죽어 나갔다.

민재가 마지막 아이템까지 흡수하고 나자, 땅 위에 서 있는 적은 김철수뿐이었다.

"끈질긴 놈. 무슨 스킬이……."

김철수가 질렸다는 얼굴로 단검을 움켜쥐었다.

그의 체력은 100 이하.

공격하고 또 해도 그의 체력은 금세 차올랐다.

패시브 스킬이 엄청난 체력 회복 효과를 주기에 가능한 일이리라.

"좀비 같은 놈. 하지만 이제 더 빨아먹을 아이템도 없겠지."

김철수가 승리자의 얼굴로 다가왔다.

민재는 몸을 움직이기 어려웠다.

이미 체력이 20밖에 남지 않았다.

이마저도 시간이 갈수록 줄어들고 있었다.

출혈 효과다.

패시브를 사용한 상태의 김철수에게 얻어맞게 되면 끊임없이 체력이 줄어든다.

김철수를 죽이기는커녕, 서 있기조차 어려웠다.

다음 공격을 피하기란 불가능에 가까운 일이리라.

하나 이 자리에 살아남은 자는 민재만이 아니었다.

"샤나, 부탁해."

민재는 마지막 카드를 사용했다.

일회용. 한 번 사용하고 나면 샤나의 정령은 다시 쓸 수 없다.

하지만 강력한 한 방은 모든 제약을 넘어설 정도의 가치가 있다.

끄덕.

샤나가 튀어 올랐다.

몸을 웅크리던 그녀는 곧이어 몸을 폈다.

그러자 그녀를 맴돌고 있던 정령의 몸이 터질듯 부풀어 올랐다.

그러곤 콰앙!

김철수가 미처 공격하기도 전에 샤나의 궁극기가 사용되었다.

그와 함께 세상이 회색빛으로 물들었다.

민재는 물론이고 샤나까지 죽어 버리고 만 것이다.

정령 폭발이 너무 강한 데다 근거리에서 터졌기에 일어난 일이다.

그 여파로 체력이 상당히 떨어져 있던 포탑마저 파괴되어 버렸다.

하나 이는 충분히 예상 가능한 일이었다.

그랬기에 죽음을 담담히 받아들일 수 있었으나,

'이럴 수가……'

민재는 자신의 눈을 믿을 수 없었다.

김철수가 굳건히 선 채 이쪽을 노려보고 있었기 때문이다.

"정말 놀랍군."

그는 정말 질려 버린 표정이었다.

민재는 경악했다.

체력이 100도 남지 않은 상태에서 샤나의 궁극기를 맞았는데 살아 있다니!

더 이상한 점은 그의 체력이 0이라는 점이었다.

체력이 제로가 되는 순간 죽어야 정상인데, 김철수는 죽음까지 넘어서는 것인가!

만약 그렇다면 그를 이길 수 있는 수단은 없다.

피가 싸늘하게 식어 가는 가운데, 그가 허탈한 목소리로 말했다.

"애송이라는 말은 취소하지. 내가 2데스를 당할 줄이야."

'2데스?'

의문을 품는 순간,

콰드득.

김철수의 몸은 허물어지고 말았다.

[샤나 님이 적의 대량 학살을 막았습니다.]

시스템 음성에 따르면 김철수는 죽었다.

그런데 마지막의 그 모습은 대체 무엇이란 말인가.

'설마 패시브가 가동되는 순간 죽음이 예정된 것인가?'

그는 자신의 심장을 찌르며 혼폭이라고 외쳤다.

혼을 폭발시켜 큰 힘을 얻는 대신 목숨을 잃고 마는 양날의 검이 아닐까 싶었다.

하지만 지금 와서 추측은 헛일.

민재는 곧 분노에 사로잡혔다.

김철수를 잡았으나, 아군이 몰살당했다.

자신을 포함한 모든 동료가 2데스를 기록한 것이다.

여기서 한 번 더 죽게 되면 3데스.

'체계게……'

그녀처럼 허무하게 죽는 일은 어떻게 해서든 막고 싶었다.

맹렬히 타오르는 분노는 표출할 곳 없이 가슴에 꾸역꾸역 구겨져 들어갔다.

어김없이 시간은 흐르고, 민재는 부활했다.

파아앙!

빛과 함께 난장판이 된 신전이 눈에 들어왔다.

그곳엔 이미 동료들이 부활해 있었다.

비누엘이 다가왔다.

"잘했소. 이제 1킬만 더 올리면 이 전장도 끝이오."

"잘했다구요?"

민재는 비누엘을 노려보았다.

한 번 더 죽으면 진짜 죽어 버린다. 목숨은 세 번뿐이고 부활이란 단어는 그 이상에선 존재하지 않는다.

더 싸우게 되면 십중팔구 죽어 버릴 허약한 체력의 엘프.

전장의 주최자인 자신보다 죽을 확률이 높으면서 싸움을 피하지 않는다는 게 말이 되는가.

그런 마음이 지금까지 고맙게 여겨졌던 민재였다.

하나 체계계가 죽는 꼴을 보고 나니 마음이 달라지고 말았다.

동료들의 죽음을 더는 좌시할 수 없는 것이다.

"모두가 2데스입니다. 이게 무슨 뜻인지 잘 아시지 않습니까?"

"알다마다. 하지만 적 역시 2데스가 아니오. 우린 이길 수 있소."

"비누엘, 죽는다는 게 뭔지 모릅니까?"

"내가 왜 모르겠소. 하지만 우리는 늘 함께였지 않소?"

"딸까지 죽일 셈입니까?"

민재는 더 소리치려다 입을 다물었다.

"민재……."

미냐세가 다가와 손을 잡았다.

민재는 그 손을 쳐 버리고 싶었다. 하지만 울먹거리는 미냐세의 눈동자를 보자 화를 낼 수 없었다.

"후우."

민재는 숨을 내쉰 후 동료들을 둘러보며 말했다.

"모두 전장을 이탈하세요. 김철수의 스킬은 다 파악했으니 혼자서도 이길 수 있어요. 샤나, 너도 돌아가. 정령이 없는 너는 필요 없어."

도리도리.

샤나는 울먹거리며 고개를 마구 저었다. 황급히 핸드폰을 꺼내 자판을 두드렸지만 손이 떨려 제대로 입력이 되지 않았다.

"전 돌아가지 않겠습니다, 은인이시여."

우르자와 딸 이다르가 무릎을 꿇었다.

"죄송하지만 우르자, 당신보다 팍살라가 더 도움이 됩니다. 당신에게 신경을 쓰느니 없는 편이 나을 것 같군요."

"이 목숨은 은인의 은덕으로 얻은 여분입니다. 삶도 죽음도 두렵지 않습니다."

우르자의 눈동자는 올곧았다.

무슨 말을 해도 먹혀들지 않을 것 같았다.

그래서 민재는 답답해졌다. 소리치지 않으면 참을 수 없을 것 같았다.

그때 미냐세가 말했다.

"우리가 이탈하면 체게게는?"

민재는 그녀를 내려다보았다.

미냐세는 울음을 그쳤다.

떼를 쓰는 것도 아니고 광분한 것도 아니었다.

평소처럼 차분한 얼굴로 그녀는 말을 이었다.

"체게게 혼자 죽게 놔둘 순 없잖아."

"……."

민재는 대답하지 못했다.

여기서 다들 이탈해 버리면 허무하게 죽은 자는 체게게를 포함한 다섯이다.

민재까지 져 버리면, 정말 아무런 의미도 없이 희생만 치른 꼴이 된다.

죽더라도 의미 있는 죽음.

그것을 말하고 싶은 것일까?

"전…… 복수하겠어요."

양이 차가운 음성으로 말했다.

동물들 중 살아남은 자는 그녀뿐이었다.

"카악! 나도 싸운다! 까짓 세상! 살아 봐야 몇 살이나 더 산다고! 이 카라크 님! 더는 소심하게 굴지 않을 테다!"

고블린이 소리치더니, 갑자기 우르자에게 달려들었다.

"으헤헤헤!"

퍽!

우르자의 일격에 고블린은 한 방에 나가떨어져 버리고 말았다.

마수들이 혀를 쯧쯧 차며 다가왔다.

"우리도 신경 쓰지 말게. 마계나 이곳이나 목숨 내놓고 사는 건 매한가지야."

"……."

민재는 동료들을 둘러보았다.

이탈자는 한 사람도 없었다.

하지만 감동했다기보다는 울분이 터져 나왔다.

"바보 같은 놈들."

"바보면 어떠한가? 저리 살아도 관상은 참 좋은 아이야. 오래오래 떵떵거리며 잘만 살 걸세."

마수들이 고블린을 일으켜 세웠다.

민재가 한숨을 내쉬었다.

[이야기는 끝난 것 같군. 시간이 없다.]

팍살라가 자세를 낮췄다.

민재는 팍살라를 노려보았다.

하지만 동료들은 너 나 할 것 없이 팍살라의 등 위에 올라탔다.

그러곤 재촉하는 눈빛으로 민재를 쳐다보았다.

"민재."

미냐세가 손을 내밀었다.

자그마한 손엔 조금도 두려움이 담겨 있지 않았다.

"이기면 되잖아."

"그래…… 이기면 되겠지."

민재는 손을 잡았다.

불안한 마음으로 전투에 임해서야 이길 것도 져 버리고 만다.

때로는 바보처럼 보이더라도 승리만을 생각해야 한다. 발악하듯 낚아채고 할퀴면, 없었던 행운도 미소 짓는 법이다.

'용장(勇將)은 운장(運將)이 이긴다.'

민재는 꽉살라의 등 위에 올라탔다.

[그럼 최후의 전투를 위해 날아올라 볼까?]

꽉살라가 날갯짓을 시작했다.

민재는 녀석의 목 비늘을 잡고 말했다.

"한 번 싸우고 끝이 안 나면?"

[귀환하고 다시 싸우면 되지. 그게 무슨 문제인가?]

"끝이라고 말하고 나갔는데, 쪽팔리지 않아?"

[내 얼굴은 비싸다. 비늘 한 장만 팔아도 성 하나 사는 것쯤이야 거뜬하지.]

"헛소리는."

민재는 웃었다.

지금은 끝이 아니다.

새로운 전투의 시작일 뿐이다.

"풍룡은 여기로. 해룡은 따라와."

좌르륵!

풍룡이 반지로 스며들자 해룡이 땅을 달리기 시작했다.

팍살라는 높이 날아올랐다.

[목표 지점은?]

"탑으로."

파앙!

팍살라의 몸이 쏘아졌다.

순식간에 정글을 가로지른 그는 곧바로 적의 본진으로 돌격해 나갔다.

얼마 지나지 않아 파괴된 포탑이 눈에 들어왔다.

그 뒤엔 억제기가, 억제기 뒤엔 김철수와 그의 부하들이 진을 치고 있었다.

'아직 스킬을 다 사용할 수 없을 거야.'

조금 전 전투로 김철수는 모든 스킬을 사용해 버렸다.

다른 스킬은 몰라도 핵 공격만은 아직 불가능할 터.

최후의 전투를 벌이기에 이보다 더 좋은 조건은 없다.

하지만 김철수는 처음부터 강공을 해 왔다.

츠팟!

앞으로 뻗어진 그의 앞에서 수많은 미사일이 날아올랐다.

아군 모두가 팍살라의 등 위에 타고 있는 지금, 탄도미사일보다 더 위력적인 공격은 없으리라.

하나 이 공격을 예상하지 못한 민재가 아니었다.

"풍룡!"

민재가 반지를 내밀었다.

빛이 뿜어지며 거대한 은색의 드래곤이 그 모습을 드러냈다.

그가 숨을 들이켜자, 팍살라 역시 숨을 들이켰다.

그러곤 동시에 내뿜었다.

화아악!

거센 화염을 칼날 같은 바람이 쪼개고 갈라 버리며 이끌었다. 속도에 속도를 더한 숨결은 더욱 광범위하게 퍼져 나갔고 그것은 곧 거대한 에너지 구름을 만들어 냈다.

그것을 탄도미사일이 쳤다.

콰아앙!

허공에서 불이 튀었다.

폭발로 다수의 미사일이 파괴되어 버렸다. 브레스라는 강력한 공격 수단을 희생한 대신, 아군의 목숨을 살렸다.

하지만 공격은 끝이 아니었다.

화아악!

골드 드래곤이 브레스를 뿜었다.

섬광과도 같은 공격이라 피할 수 없었다.

하지만 풍룡이 앞을 막아섰다.

[뒤는 부탁하지!]

콰광!

푸른 거체가 폭발하며 튕겨 나갔다.

그러나 풍룡은 죽지 않았다. 애초에 드래곤이 뿜은 브레스에 드래곤이 한 방에 나가떨어진다는 사실 자체가 넌센스다. 정말 나가떨어지면 드래곤으로서 실격이랄까.

"돌격!"

적의 원거리 무기 중 가장 강력한 두 가지가 사라졌다.

기회를 잡은 팍살라가 괴성을 지르며 몸통 박치기를 시도했다.

성공해도 그만, 성공 못해도 적을 공격할 수 있는 범위에 들어서게 된다.

두 드래곤과 해룡이 적진으로 들어가게 되면 전장은 난장판이 될 터. 적군도 결코 유리하지 않은 상황인 만큼 승패는 오직 행운의 법칙을 따르게 된다.

하나 김철수는 이를 좌시하지 않았다.

번쩍!

빛이 연발로 뿜어졌다.

저격 스킬이 사용되자 풍룡과 팍살라의 몸이 갑자기 기

우뚱해졌다.

동시에 느껴지는 통증.

'고마웠다.'

두 드래곤이 죽은 지금, 팍살라를 타고 있을 이유가 없었다.

탓!

민재는 단숨에 뛰어오르며 창을 빼 들었다.

목표는 김철수.

바람을 가르며 쇄도해 나가는 때. 먼저 지면과 부딪친 것은 팍살라와 풍룡의 시체였다.

콰광!

엄청난 지진을 일으키며 두 거체는 적을 깔아뭉갰다.

단번에 인간 부하들이 휩쓸려 으깨졌고 두더지와 네 발 드래곤도 큰 타격을 입고야 말았다.

아군도 무사하지 못했다.

팍살라가 비행하던 속도가 너무 빨라 제대로 착지하지 못한 동료가 죽고 만 것이다.

[처형되었습니다.]

샤나의 죽음이었다.

체력이 저조한 그녀가 가장 먼저 죽었다.

민재는 슬픔을 느낄 겨를이 없었다.

"거머리 같은 놈!"

김철수가 소리치며 맹공을 가해 왔다.

쾅쾅!

한 방, 한 방에 실린 힘이 엄청났다.

확보한 골드를 소모해 가하는 폭발 공격.

스킬이 아님에도 스킬처럼 느껴지는 공격에 장사는 없었다.

민재는 곧바로 스킬을 사용했다.

"강탈!"

소리쳤으나, 스킬이 실패했다는 메시지만 들려왔다.

"아이템은 팔아 버렸다!"

김철수가 소리쳤다.

그제야 민재는 김철수가 가진 아이템이 하나도 없다는 사실을 깨달았다.

적을 강하게 만드느니 차라리 팔아 버린 후 골드를 확보한다. 그리고 그 골드로 적을 압도한다.

황당할 정도의 계략이었다.

하지만 민재에겐 먹혀들어 갔다. 스킬이 무용지물이 되어 버렸으니 말이다.

'젠장!'

민재는 즉시 메뉴창을 만졌다.

약탈 스킬에 장착되어 있는 플러그를 탈취 스킬에 장착했다.

김철수가 스킬을 모두 사용해 버렸기에 갈취 스킬과 궁극기는 있으나 마나였다. 효율이 낮은 탈취 스킬이라도 강화해야 했다.

"탈취!"

공격 속도를 빼앗은 민재의 창이 빛처럼 쏘아졌다.

"죽어라!"

김철수는 짐승처럼 소리치며 반격을 가해 왔다.

순식간에 수 합의 공격이 지나갔고, 민재는 체력을 크게 잃어버리고 말았다.

아이템이 없어도 김철수는 강했다.

둘의 차이는 쉽게 좁힐 수 없었다.

민재는 약탈 스킬까지 사용했다.

"약탈!"

죽어 나가는 아군의 시체에서 빛 덩어리가 연이어 피어올랐다.

그것은 곧 화살처럼 쏘아져 저하된 민재의 체력을 회복시키고 전투 능력치를 보강해 주었다.

시간이 지나면 지날수록 민재는 점점 더 강해져 갔고, 김철수는 체력이 쭉쭉 빠져나갔다.

"네놈을 저주하겠다!"

김철수가 단검으로 가슴을 찔렀다.

그러자 피의 파도가 사방으로 뻗어 나가더니 김철수의 체력이 회복되기 시작했다.

'자살을?'

민재는 놀랐다.

죽음이 예정된 스킬.

저 스킬을 사용하는 순간, 김철수는 사망 판정을 받은 것이나 다름이 없다.

한데 저 스킬을 사용하다니.

'배수진이냐!'

민재는 이를 악물고 김철수를 공격했다.

김철수도 민재도 공격을 멈추지 않았다.

이미 사방은 시체투성이.

이 전장에서 살아남은 자는 둘뿐이다.

김철수가 스킬을 사용했는데도 죽지 않고 있다는 점이 확인된 지금, 이 승부의 패자는 먼저 쓰러지는 쪽이리라.

결과를 예측할 수 없다.

피해를 계산하기에 민재는 너무나 바빴다.

콰과광!

눈 깜빡할 사이에 수 합이 오가자 승패는 결정 나고 말았다.

"헉헉."

민재는 숨을 몰아쉬었다.

체력은 10.

김철수의 공격은 출혈 능력이 있으니 곧 죽고 말 것이다.

김철수는 체력이 0이었다.

하나 쓰러지지 않은 채 민재를 노려보고 있었다.

조금의 흐트러짐도 없이 서 있는 그를 보며 민재는 생각했다.

'졌군.'

그런 생각을 하는 순간.

[적은 전설입니다.]

시스템 음성이 들리며 세상이 회색빛으로 변해 버렸다.

죽음.

사망 판정.

2데스를 넘어 3데스가 됨으로써 민재는 진정한 죽음을 경험하게 되었다.

'진짜 죽다니…… 진짜…….'

말로 표현할 수 없는 기분이다.

분노와 울분이 머리를 치고 좌절과 후회가 가슴을 쳤다.

온갖 생각이 박쥐 떼처럼 흩어져 머리를 질주했다.

비명을 지르는 생각들이 곧 머리를 터트릴듯 커져 버렸
다.

결국 민재는 소리 질렀다.

'으아아!'

입을 찢어 버릴 정도의 괴성이었다.

그러나 영혼이 지르는 소리는 현세에 닿지 않는다.

'김철수!'

울부짖으며 민재는 김철수를 노려보고 동료들의 시체를
쳐다보았다.

처참하게 쓰러진 동료들을 보니 피가 화산처럼 폭발할
것 같았다.

머리로는 그들이 죽었음을 알고 있다. 스킬로 아이템까
지 약탈했는데 모를 리가 없지 않은가.

하지만 김철수와 싸우느라 체감하지 못했다.

그런 분노와 슬픔이 죽고 난 이후에야 찾아왔다.

'제기랄! 제기랄!'

소리치고 또 소리쳤다.

하나 3데스라는 숫자는 절대적.

일반적인 죽음처럼 보이는 이 회색의 세상 역시 부활 시
간이 끝나는 즉시 사라져 버리고 말 것이다.

그 후엔 오직 허무만이 있겠지.

민재는 그것이 두렵고 또 두려워졌다.

기괴하게 뒤섞여 엉망이 된 마음으로 민재는 김철수를 노려보았다.

승자는 팔을 늘어뜨리고 조용히 서 있었다.

승리를 자축하는 것일까?

하지만 그는 곧 소리쳤다.

"개 같은 신 새끼! 죽여 버리겠다!"

쿨럭.

김철수는 피를 토했다.

피는 새카만 색이었다.

산 자의 피가 아니라 죽은 자의 피였다.

'이게…… 어떻게 된 일이야?'

머리가 엉망인 가운데서도 뭔가 이상하다는 것을 깨달았다.

자신이 죽었으니 김철수는 영토로 되돌아가야 했다.

그런데 돌아가지 않은 채 소리치며 신을 욕하다니.

자신의 죽음도 이상했다.

3데스를 당했는데 일반적인 죽음과 마찬가지가 아닌가? 영혼 상태이나 자신은 분명 다 끝난 전장에 존재하고 있었다.

'이게 대체 어떻게 된 일…….'

민재는 말을 다 잇지 못했다.

갑작스레 시스템 음성이 고막을 울렸기 때문이다.

[승리!]

'뭐얏?'

경악하는 찰나.

쉬이익!

시야가 맹렬한 속도로 꼬이고 접히더니, 곧 한 점으로
빨려 들어가듯 사라져 버렸다.

CHAPTER 37
붕괴

파아악!

세상이 본래의 모습을 되찾았다.

민재는 숨을 들이켰다.

영토로 돌아왔다. 그 사실에 안도감부터 들었다.

3데스를 당해 세상이 끝나는 줄로만 알았다.

그런데 승리라는 시스템 음성을 들었고 영토로 귀환했
다.

분명 김철수보다 먼저 죽었는데…….

시스템 판정은 김철수가 스킬을 사용한 시점에서 그가
이미 사망했다고 여긴 것 같다. 그때 김철수는 3데스가 되
었고 민재는 아직 2데스였으니까.

그렇지 않았다면 민재가 영토로 되돌아왔을 리가 없으니 말이다.

실로 다행스러운 일이다.

기뻐해야 마땅하나, 결코 순순히 기뻐할 수만은 없다.

동료들이, 모두 죽어 버린 것이다.

3데스.

전장에서 주어지는 목숨을 모두 상실하면 되살아날 수 없다. 지금까지 봤던 모든 이가 그러했다.

정말로 죽게 되는지, 아니면 다른 일을 겪게 되는지……경험해 본 적이 없기에 3데스를 당하면 어떻게 되는지 알 수 없다.

하지만 한 가지 확실한 것은 있다.

3데스를 당한 자는 다시 만날 수 없다는 것.

보통의 게임은 물론이고 대전 게임의 상대마저 3데스를 당하면 다시는 볼 수 없게 되었다.

이 규칙은 전장에 참여한 모두에게 적용된다. 동료들이라고 예외는 없다.

소리 지르고 싶었다.

뭐라도 부숴 버리고 싶었으나, 민재는 그럴 수 없었다.

프롬이 파리한 안색으로 다가오고 있었기 때문이다.

"프롬!"

얼굴이 너무 창백했다.

생기가 어딘가로 빠져나가 버린 듯한 모습.

휘청거리며 다가오던 프롬은 돌연 다리에 힘을 잃고 쓰러졌다.

민재는 얼른 다가가 프롬을 붙잡았다.

"죄송합니다, 주인님……."

새파란 입술이 덜덜 떨렸다.

"어떻게 된 거야? 괜찮아?"

"제 힘으론 감당할 수 없었습니다."

"무얼? 설마 김철수의 영토가 너무 커서?"

프롬은 사라의 영토도 소화시키지 못했다.

그래서 영토가 엉망이 되었고, 김철수와 싸우기 전에야 간신히 약간의 힘을 회복할 수 있었다.

그런 상태였는데, 김철수를 이겼다.

그의 영토는 사라의 것에 비해 압도적으로 큰 만큼, 영토의 화신인 프롬이 힘들어하는 것은 이해가 갔다.

"지금은 힘들겠지만, 시간이 지나면 괜찮아질 거야."

민재는 프롬이 안쓰러워졌다.

사람이 아닌 NPC에 불과하다고는 하나, 그와 함께 지낸 시간 동안 정이 많이 들었다. 그래서인지 프롬이 힘들어하는 모습을 그냥 지나칠 수가 없었다.

하지만 크게 걱정은 되지 않았다.

NPC가 죽을 일은 없지 않은가.

"그런 문제가 아닙니다, 주인님."

프롬은 고개를 저었다.

재촉하듯 바라보니 프롬은 울 것 같은 얼굴로 말을 이었다.

"영토가 아무리 크더라도 시간을 많이 들이면 소화시킬 수 있습니다. 하지만…… 이번은 다릅니다."

"뭐가 다르다는 거야?"

"그의 영토가 폭주하고 있습니다."

"폭주? 그게 무슨 소리야?"

소리치는 순간, 귀를 울리는 소음이 있었다.

[자폭까지 5분 남았습니다. 4분 59초, 58초, 57초…….]

'뭣?'

민재는 경악하며 주변을 경계했다.

갑자기 시스템 음성이 들리다니.

전장도 아닌 자신의 영토 내에서 전장의 시스템 음성이 들릴 리가 만무한데, 어째서?

"그가…… 그가 마지막에 힘을 사용했습니다."

"김철수가?"

민재는 프롬의 말을 이해할 수 없었다.

힘을 사용했는데 영토가 폭주하고 자폭이라는 음성이 들리다니.

순간적으로 뇌리를 스치는 생각이 있었지만 부정했다. 말이 되지 않기 때문이다.

하지만 프롬의 얼굴을 보니, 그 생각이 맞는 것 같았다.

'설마…… 3데스 판정이 나기 직전에 김철수가 힘을 사용했단 말인가?'

그가 우승자가 되어 받은 보상.

그것은 폭발과 관련된 힘이었다.

기본 공격은 물론이고 스킬까지, 어떤 것이든 폭발력을 더해 강해지도록 만드는 힘 때문에 얼마나 고생을 했던가.

그의 궁극기인 핵 공격도 폭발의 힘이 더해지지 않았다면 그렇게나 강력하진 않았을 것이다.

그런 힘을 죽기 직전에 사용했다.

그의 영토에.

직후에 민재는 전장에서 이기게 되었고, 프롬은 그의 영토를 흡수하기 시작했다.

영토에 이상한 힘이 깃들어 있다는 것을 알았을 땐, 이미 늦었을 것이다.

이미 김철수의 영토는 폭주하고 있었고, 그것을 제어해

야 할 프롬은 이미 온전한 힘을 쓸 수 없는 상태.

억지로라도 힘을 제어해 보려 했겠지만, 영토가 너무 거대하니 힘에 짓눌리고 말았을 것이다.

"프롬, 김철수가 자기 영토를 자폭시킨 거야?"

"네, 그의 의지가 영토에 남은 상태에서 승리 판정이……. 힘이 너무 강해서 영토의 제어력을 잃어버리고 말았습니다. 억지로 눌렀던 힘마저 폭주하는 바람에……."

프롬은 말을 잇지 못했다.

콰아앙!

난데없이 굉음이 터진 것이다.

"윽!"

소리가 너무 컸다. 고막이 찢어져 버릴 것만 같았다.

동시에 바닥이 터져 나가며 몸이 하늘로 치솟았다.

민재는 반사적으로 프롬을 안아 들었다.

몸이 공중에서 빙빙 도는 가운데서도 영토를 살폈다.

그런데…….

'이럴 수가!'

영토가 폭발하고 있었다.

세상이 멸망이라도 하는 것처럼, 땅이 터져 나가고 건물이 무너졌다.

하늘조차 찢어지자, 폭발이 멈추었다.

쿨럭!

프롬은 피를 토했다.

선홍색 피는 민재에게도 튀었다.

"프롬!"

소리치며 몸을 흔들었다.

하지만 프롬은 눈을 까뒤집고 기절하고 말았다.

"프롬! 프롬! 제기랄! 뭐가 어떻게 되어 가는 거야!"

민재는 소리쳤다.

하지만 프롬은 깨어나지 않았고 망가져 가는 영토도 변함이 없었다.

"파살라!"

불러도 대답은 없었다.

둘러보아도 거대한 붉은 몸은 보이지 않았다.

"풍룡 소환!"

반지를 내밀며 소리쳤지만, 그 역시 나타나지 않았다.

해룡은 물론이고 사령술사와 곰들까지, 아무도 눈에 보이지 않았다.

그리고 보니 전장에서 돌아온 자는 민재뿐이었다.

프리 미니언도 단 하나도 되돌아오지 못한 것이다.

'이게 뭐야!'

3데스를 당했다면 승리했을 리가 없다.

민재가 이겼다면 그들 역시 영토로 되돌아와야 하는데, 대체 일이 어떻게 되어 가고 있는 건지!

머릿속이 뒤죽박죽이다.

하나 영토는 점차 잠잠해져 갔다.

마치 죽기 일보 직전의 모습, 회광반조라도 보는 것 같다.

폭발은 멈추었다.

하지만 대기의 떨림이 더 심해졌다.

구그그그그.

마치 미쳐 버린 듯한 공기가 덜덜 떨렸다. 광포하게 몰아치는 진동에 멸망의 향기가 감돌았다.

그 아래의 대지는 거북이 등껍질처럼 갈라져 떠오르거나 가라앉고 있었다. 크고 작은 조각으로 나뉘어 둥둥 떠오르고 있었고 일부는 연기처럼 변해 흩날려 사라지는 중이었다.

그 너머의 건물들은 이미 폐허나 다름없었다.

대지처럼 시설 역시 잘게 나뉘어 부서지고 있었다.

착!

민재는 땅 조각 하나에 발을 디뎠다.

민재에 비하면 컸지만, 한때는 땅이었던 것의 조각일 뿐이다.

'이게 대체……'

영토가 대체 왜.

이해하기 싫은 광경에 눈을 감고 싶었지만, 시스템 음성은 매정했다.

[4분 30초, 29초, 28초……]

민재는 고개를 들었다.

보호막처럼 영토를 감싸고 있던 푸른 하늘은 눈에 보이지 않았다.

그 대신 다른 것이 눈에 들어왔다.

그것은 민재가 알고 있는 것이다.

'김철수의 영토가…… 그대로 있어?'

희미할 정도로 먼 곳, 민재의 영토 끝자락에 거대한 구체가 보였다. 하늘 한쪽을 통째로 막아 버릴 정도로 큰 회색의 대지가 민재의 영토 끝에 붙은 상태였다.

사라의 것과 달리 형상을 없애지도 못할 정도로 프롬이 감당하지 못했다는 뜻인가?

민재는 머리를 쥐어뜯었다.

도대체 이게 무슨 봉변이고 황당한 일인가.

하지만 민재를 정말 난처하게 만드는 것은 따로 있었다.

'지구……'

시커먼 하늘은 천천히 밝아지고 있었다.

하늘 자체가 밝아지는 것이 아니라, 지구가 가까워지고 있었다.

푸르고 흰, 동그란 보석.

인간이 태어나고 살아가는 거대한 대지는 매초 커져만 갔다.

이것이 의미하는 바는 명확했다.

'영토가…… 지구로 떨어져 내리고 있다?'

민재는 웃어 버릴까 싶었다.

하지만 웃음조차 나오지 않았다.

원래라면 프롬이 대전 상대의 영토를 흡수하고, 영토는 독자적인 차원으로 존재하며 이동해야 한다.

그런데 김철수의 영토는 흡수는커녕 제어조차 불가능할 정도로 너무 컸다. 거기에 자폭의 힘까지 담겨 있다.

프롬 역시 정상이 아닌 상태.

민재의 영토는 지구의 상공으로 소환된 채 제어력을 잃고 추락하는 중인 것이다.

이대로 영토가 추락하게 되면, 이렇게나 엄청난 질량이 지구에 떨어져 내리게 되면…….

'멸망인가? 지구가 통째로?'

등줄기가 싸하게 식는 느낌이었다.

지구 멸망이라니.

마야의 달력이 다해도 세상은 멸망하지 않았다.

아인슈타인이 농담 삼아 이야기했던 3차 대전 이후도 인간만큼은 살아남는 시나리오였다.

그런데 영토가 지구에 떨어져 버리면, 그냥 세상이 사라지는 것이나 다를 바 없다. 사람은 물론이고 풀 한 포기조차 살아남지 못하리라.

"프, 프롬! 일어나!"

민재는 프롬을 마구 흔들었다.

이 상황을 타개할 자는 이 조그만 소년뿐.

하나 그는 깨어날 기색이 없었다.

그런 순간에도 자폭 타이머의 숫자는 점점 줄어들었고, 지구는 가까워졌다.

'제기랄!'

민재는 화가 치솟았다.

동료들과 다시는 만날 수 없게 된 것도, 프롬이 쓰러진 것도, 지구가 멸망하게 된 것까지도.

이 모든 일의 원흉은 전장을 만든 주체, 바로 신이었다.

"페그노르 개자식아!"

울부짖듯 소리쳤으나 대답은 없었다.

메아리조차 들리지 않았다.

지금까지 단 한 번도 회답한 적 없는 그이기에 더 화가 났다. 살아 있는 생명을 장기판의 말처럼 가지고 놀다니.

김철수가 신을 죽이고 싶어 했던 것에 처절하리만치 공감

했다.

분노하고 분노하며 주먹을 움켜쥐는 그때,

띠링!

청아한 종소리와 함께 시스템 음성이 들려왔다.

[페그노르 님이 당신을 소환하려 합니다. 응하시겠습니

까?]

'뭣?'

민재는 입을 쩍 벌렸다.

환청은 아니었다.

네모난 시스템창이 눈앞에 둥둥 떠 있었기 때문이었다.

그리고 그 자리에 적혀 있는 이름은 전장을 만든 존재,

최초에 민재가 계약할 때 나타났던 이름이다.

몇 번을 확인해도 글자는 달라지지 않았다.

이자는 분명, 신이다.

시즌 1의 우승자였던 사라는 물론이고 김철수와 다른 이

들도 만나 본 적 없는 그가 갑자기 메시지를 보냈다?

경악함과 동시에 민재는 행동했다.

이것이 실재든 거짓이든 판별할 시간이 없다.

그보다 급한 것이 있다.

'개새끼가!'

그를 만나야 한다.

이딴 게임을 만든 이유를 따져야 한다. 그리고 죽어 버린 동료들을 위해서라도 그를,

'죽여 버리겠어!'

민재는 손가락을 뻗었다.

뻗어 나간 검지가 곧 시스템창 중앙의 버튼을 향했고, 그것을 누름과 동시에 민재는 외쳤다.

"수락!"

꾸욱.

[소환에 응합니다.]

음성이 화답하듯 들려왔다.

그와 함께 세상이 비틀려 갔다.

이제는 익숙할 대로 익숙해진 차원 이동이다.

찰나의 순간이었지만, 프롬이 품에서 떠나가는 느낌이 확연했다.

초대받은 자인 민재만 그곳으로 소환되기 때문이리라.

몸까지 비틀리는 느낌이 들었다.

민재는 창을 거세게 거머쥐었다.

비틀림은 순간적으로 시야를 앗아 갔다.

하나 그것은 일순간일 뿐.

금세 시야는 정상으로 돌아왔고, 새하얗기만 한 공간이 눈앞에 펼쳐졌다.

그리고 그 가운데에 뭔가가 있었다.

신.

그는 인간의 모습이었다.

새하얀 한 치 수염에서 세월의 흐름이 느껴졌고, 눈가에 패여 있는 깊은 주름은 고뇌하는 자의 것이었다. 또렷한 눈동자에 바위처럼 단단한 표정은 현자와 같았다.

하나, 그런 외모 따위는 중요하지 않았다.

그는 모든 일의 원흉.

만나고 싶었고, 물어보고 싶었다. 종국에는 원수처럼 미운 자.

"페그노르!"

민재는 소리쳤다. 그러곤,

차창!

마상용 장창을 들어 올려 미간을 겨누고 달려들었다.

창끝이 공기를 갈랐다. 바람은 비명을 질렀고 돌진하는 날카로움이 급속도로 목표에 가까워졌다.

쇄애액.

한 점에 응축된 힘.

수많은 전장을 거치며 단련된 찌르기는 신이라 할지라도

무시하지 못하리라.

그러나 놈의 표정은 변함이 없었다.

봄날의 산들바람을 느끼듯 그는 손가락을 들었다.

가벼운 움직임이었으나 대단히 빨랐다. 손가락 끝은 어느새 미간을 가리고 창끝의 궤적 앞을 막았다.

파칭!

기이한 울림이 터지며 창이 멈춰 버렸다.

돌격하는 힘까지 더한 일격이었으나, 그는 미동조차 없었다. 이 정도 공격은 아무렇지도 않은 것 같았다.

민재는 실망하지 않았다.

그는 신. 차원을 넘나드는 전장을 만들어 낼 정도로 강한 힘을 가진 절대자가 아닌가. 고작 쇠붙이로 한 번 찔러서 죽일 수 있다면, 그는 신이 아닐 것이다.

다시 공격한다고 먹힐까? 아니다, 먹힐 리가 없다.

그래도 민재는 멈출 수 없었다.

어떻게 해서든 그를 찌르고 파괴하고 싶었다. 그러지 않고선 도저히 참을 수 없는 기분이었다.

한 대라도 칠 수 있다면, 단 한 번이라도 저 자식의 피를 볼 수만 있다면.

"으아아!"

파파팍!

민재는 연타를 가하며 스킬을 난사했다.

하지만 그 어떤 공격도 먹혀들지 않았다. 스킬마저 사용하는 즉시 실패했다는 메시지만 뜰 뿐 아무런 효과도 발휘하지 못했다.

"제기랄!"

민재는 창을 던져 버렸다.

창 공격으론 피해를 줄 수 없다는 것을 깨닫곤, 양팔을 벌린 채 태클을 걸었다.

타악!

놈의 옷자락을 잡고선 후려치듯 힘을 주었다.

그러나 이 역시 통하지 않았다.

천년 거목처럼 단단하게, 놈의 발은 땅에 단단히 붙기라도 한 것인지 움직이지 않았다.

결국 민재는 물러섰다.

힘으론 어찌할 수 없는 자.

평범한 인간인 자신과 그의 격차가 너무나도 쓰게 느껴졌다.

주먹이 부르르 떨릴 정도로 화가 나는데, 그를 넘어뜨리는 일조차 불가능하다니.

"으으으……."

노려보며 이를 갈고 있으니 그가 입을 열었다.

"화를 내는 이유가 무엇인가?"

"닥쳐."

"그대는 강해지길 원했다. 그리고 강해졌다. 그런데 왜 화를 내는가?"

"닥치라고."

"영토가 엉망이 된 이유는 욕심이 과해서였다. 지구가 위험하게 된 것 역시 그대 능력 이상의 힘을 탐해서였다."

"닥쳐, 이 개새끼야!"

그는 여전히 무표정했다.

"네 동료들이 죽어서 화가 나는가? 이 역시 위험하다는 것을 알고서도 대전을 한 그대에게 책임이 있다."

"닥치라고……."

민재는 힘이 빠지는 기분이었다.

거대한 산을 마주하는 느낌. 거무튀튀한 거석에 화를 내 봐야 메아리조차 돌아오지 않는다.

그러나 분노는 멈추지 않았다.

오히려 더욱 커지고 커져 그를 부숴 버리고 싶어졌다.

"모든 것이 그대 탓이다."

"……게임을 만든 이유가 뭐야."

민재는 폭발하려는 감정을 억지로 참아 가며 물었다.

처음 계약한 날부터 묻고 싶었던 것들. 전장을 넘나들며 생겨난 의문들이 뒤죽박죽으로 머릿속에 떠올랐다.

"그대는 아직 대답을 들을 자격이 없다."

"신이면 다냐? 힘만 강하면 장난감 가지고 놀듯 사람을 죽여도 돼?"

"나는 신이 아니다."

"헛소리하지 마!"

"나는 그대가 계측할 수 없는 힘을 가지고 있으나, 신은 아니다."

"이……!"

쏘아붙이듯 따지려다 억지로 참았다.

대화가 통하지 않는 자다. 아니, 그 이전에 인간의 상식이 통하지 않는 자다.

이런 자에게 화만 내고 있을 순 없었다.

민재에겐 분노를 표출하는 것보다 더 급한 일이 있었기 때문이었다.

"3데스를 당하면…… 어떻게 되지?"

"죽는다."

"시발!"

민재는 주먹을 휘둘렀다.

퍽 소리가 날 정도로 세게 때렸으나, 눈에 보이지 않는 장막이 주먹을 막아 버렸다.

"살려 내! 개자식아!"

몇 번을 더 쳤다.

하지만 주먹은 허무한 춤사위로 끝나 버렸다. 신은 조금도 타격을 입지 않았다.

여전히 무표정한 얼굴로 그가 말했다.

"네 동료들은 죽지 않았다."

"3데스를 당하면…… 살아 있다고?"

"죽지도 살아 있지도 않은 상태다. 정확히는 죽기 직전의 상태로 동결되었다."

"그게 무슨 소리야? 시간을 멈추기라도 했다는 뜻이야?"

"시간을 멈추는 것은 나라도 불가능하다. 그러나 시간의 흐름을 다른 공간으로 이동시킬 수는 있다."

"그럼 그곳은, 3데스를 당한 직후라는 뜻?"

"그렇다."

민재는 몸을 부르르 떨었다.

죽었으리라 여겼던 동료들이 아직 죽지 않았다니. 시공간이 다른 곳에 있고 곧 죽게 될 운명이라고는 하나, 그런 법칙조차 바꿔 버릴 수 있는 존재가 눈앞에 있지 않은가.

"그래서 나를 불렀나? 협상하기 위해서?"

이제야 알게 되었다. 김철수조차 만나 보지 못했던 신이 자신을 소환한 이유를.

동료들이 아니었다면 강해질 수 없었던 민재. 죽음의 위험 속에서도 자신을 생각해 주었던 자들의 목숨이 달려 있다.

민재를 상대로 그들의 목숨은 훌륭한 협상 카드이리라.

하나 왜 자신과 협상하려는지, 그 이유까지는 알 수 없었다.

신의 힘을 가진 자가 무엇이 아쉬워서 협상한다는 말인가.

"이유가 뭐지?"

"전장의 흐름을 알고 있겠지. 다음 게임은 일주일 후, 그 게임은 마지막 전장이 될 것이다."

"……그런데?"

"최후까지 살아남은 모든 팀이 그곳에서 자웅을 겨루지. 서로 싸우고 이겨 최후까지 살아남는 자, 혹은 팀이 최후의 우승자가 된다."

"일반 게임……."

민재가 경험한 마지막 일반 게임은 심해였다.

그 후 마왕과 싸웠고, 사라, 김철수와 대전했다.

순서상 다음 전장은 일반 게임이 되어야 한다. 그 전장은 이전과 같이 맵 자체가 유저를 죽이기 위해 만들어진 지옥 같은 곳이리라.

하지만 이는 일반적인 전장이 아니다. 최후의,

"결승전이다."

그 말에 민재는 신을 노려보았다.

"마지막 놀이라는 뜻이냐? 생존자들을 모아 놓고 거하게 죽어 나가는 것을 보겠다고?"

"나는 죽음을 즐기지 않는다."

"그럼 이딴 게임을 왜 만든 건데!"

"대답을 듣고 싶으면, 이겨라."

"뭐?"

"우승자에게 주는 혜택으로 질문에 대한 답을 원하면 된다. 물론 그것 대신 더 강한 힘을 원해도 된다."

"미친 새끼가!"

사라가 얻었던 힘, 김철수가 얻었던 힘.

그 대신 대답을 해 준다는 소리가 아닌가.

사람의 목숨을 걸고 하는 말이 고작 이거라니.

민재는 진심으로 신을 죽이고 싶어졌다.

하지만 어떤 공격도 통하지 않는 자를 어떻게 죽인다는 말인가!

"이제 그대를 소환한 이유를 알려 주지."

말이 끝남과 동시에 허공에 네모난 것이 생겨났다.

시스템창을 닮은 반투명한 네모판 속에 그림이 나타났다.

전장의 미니맵이었다.

하지만 보통의 전장과는 달랐다.

중앙에 커다란 본진 하나가 있고, 사방으로 진격로가 나 있었다.

열 개도 넘는 진격로 끝엔 각기 본진이 하나씩 자리 잡고 있었다.

'이건?'

보통의 전장과는 확연히 다른 모습이었다.

양 진형으로 나뉘고 진격로가 세 개뿐인 것이 일반적인데, 미니맵을 보니 전장에 참여한 모든 팀이 정중앙의 팀과 대결하는 구도였다.

"외곽의 본진은 유저의 것이다. 중앙은 보스의 본진이다."

"보스라니…… 설마?"

민재는 신을 쏘아보았다.

그는 고개를 끄덕였다.

"그렇다. 보스는 나의 그림자다."

"시발! 전장을 만든 놈을 어떻게 이기라고!"

게임을 만든 자와 유저 간의 싸움이라니.

이는 결코 유저가 이길 수 없는 전장이었다. 운영자보다 더 막강한 힘을 가진 자를 한낱 유저가 이길 수 없지 않은가.

"우려하지 않아도 된다. 힘은 제한될 것이다."

"제한한다고?"

"보통의 유저와 다름없다. 내 그림자 역시 정상적으로 전장을 거쳐 왔다."

"이런 거지같은!"

민재는 화가 났다.

유저와 똑같은 힘으로 시작하고 또 성장했다? 그래서 수십 개의 팀을 동시에 상대할 정도로 강해졌다?

당당하게 말하고는 있으나, 민재의 생각엔 절대 공평한 스타트가 아니었다.

민재의 경우만 봐도 확실하다.

허약한 육체로 시작했으나, 아는 것이 많아 남을 압도할 수 있었다.

하나 민재 역시 전장에선 모르는 것투성이였다.

그런데 게임을 만든 주체인 신은 모든 것을 알고 있다. 그런 놈이 남들과 똑같은 힘을 가진 채 스타트 해도 월등할 수밖에 없지 않은가.

"사기꾼 새끼."

"정도의 차이가 있으나 정보의 우위는 그대 역시 마찬가지가 아닌가?"

부정하고 싶었지만 말하지는 않았다.

쓸데없는 논쟁보단 더 궁금한 것이 있었다.

"그런데 나를 특별 취급하는 이유는?"

"그대를 소환한 이유는, 그대가 이미 우승자나 다름없기 때문이다."

"그게 무슨 말이냐."

"그대는 이미 모든 유저를 압도할 정도로 강해졌다. 강력한 우승 후보였던 자들을 연이어 격파한 시점에서 그대는 이미 최강이다. 내 그림자조차 그대의 상대가 되지 못한다."

"뭐?"

'내가 신의 그림자라는 놈보다 더 강하다고?'

"그대가 동료의 도움을 받지 않고 홀로 싸워도 승률은 8할을 넘는다. 애써 만든 결승전이 무용지물이 되어 버릴 게 빤하다."

"불리한 싸움은 하지 않겠다는 거냐?"

"의미 없는 결승전은 필요 없다는 뜻이다."

"썩을……."

들으면 들을수록 제멋대로인 놈이 아닌가?

질 것 같으니 결승전을 물리겠다니.

"대신 다른 결승전을 준비했다. 그대를 소환한 이유는 이에 대해 동의를 구하기 위해서다."

신은 말을 이어 나갔다.

결승전에 참여할 예정이었던 다른 유저들은 자동으로 패배한다.

그리고 민재는 단독으로 신과 대전을 펼친다.

대신 전력 조정이 필요하다. 민재가 월등히 강하므로.

"그림자가 아닌, 내가 직접 전장에 참여한다."

"네가?"

"물론 힘을 제한하겠다. 승률은 반반이다."

"미친놈……."

민재는 대전을 받아들일 생각이 없었다.

건드릴 수조차 없는 신에게 할 수 있는 반항이란 이것뿐이지 않은가.

그 이전에 대전을 순순히 받아들일 수 없는 이유가 있었다.

사기꾼 같은 놈이 아닌가. 확률을 들먹이지만 음흉한 능력을 숨기고 뒤통수를 칠 게 빤했다.

하나, 놈은 의외의 말을 했다.

"그대가 내 그림자를 이긴다면, 살려 주지."

"내 동료들을? 모두 다?"

"그렇다."

민재는 대답을 망설였다.

거부할 수 없는 조건이었다.

함정이 있더라도, 동료들을 살릴 수만 있다면 대전 한 번 더 하는 것쯤은 아무것도 아니지 않은가.

하지만 받아들여서 이긴다고 해도 문제는 여전히 남는다.

"영토의 폭주는?"

그대로 두면 민재는 물론이고 지구 전체가 위험하게 된다.

"폭발은 막아 주겠다."

"내가 지게 되면?"

"죽는다. 그대의 동료 역시."

"지구는?"

"멸망한다."

민재는 신을 노려보았다.

결승전. 마지막 대전.

지구의 멸망이나 동료들의 생사를 떠나…… 전장을 만들고 자신을 고뇌하게 한 놈을, 민재는 용서할 수 없었다.

"하겠어."

그 말과 동시에 종소리가 나며 시스템창이 눈앞에 생겨났다.

[페그노르 님이 대전을 신청하였습니다. 수락하겠습니까?]

"지금?"

"일주일이나 기다릴 수 있나?"

그럴 수는 없었다.

영토가 자폭하기까지 5분도 채 남지 않았다.

"수락!"

민재는 버튼은 눌렀다.

[페그노르 님과 대전이 결정되었습니다.]

"환영한다, 도전자여."

놈의 입가에 희미한 웃음이 걸렸다.

"도전자? 좋아, 도전해 주지. 그리고 전장에서 네놈
을⋯⋯."

민재는 손을 뻗었다.

그러자 던져 버렸던 창이 핑그르 돌며 날아와 손에 잡혔
다.

그 창을 내밀어 신을 겨눈 채 민재는 말했다.

"죽여 버리겠어."

내뱉음과 동시에,

촤아악!

세상이 빙글빙글 돌며 시야가 한 점으로 응축되기 시작
했다.

CHAPTER 38
천상

파아악!

시야가 넓어지며 전장이 펼쳐졌다.

익숙한 모습의 신전이 눈에 들어왔고 그 너머로 넥서스와 억제기가 보였다.

모든 것이 망가지기 전의 시설 그대로였다.

게다가.

"미냐세, 체게게, 우르자, 샤나⋯⋯."

민재는 믿을 수 없다는 눈으로 동료들을 둘러보았다.

전장에 최초로 진입하면 모이게 되는 그 자리에 동료들이 한결같은 모습으로 서 있는 것이다.

다만, 그들의 모습이 평소와는 너무나도 달랐다.

아무런 감정도 없는 인형처럼, 무표정한 얼굴로 앞만 바라보고 있었다.

민재는 그들에게 다가갔다.

그러곤 한 명씩 얼굴을 만졌다.

차가웠다. 온기라고는 조금도 없어 살아 있는 존재가 아닌 돌 조각상을 만지는 느낌이었다.

"허깨비라는 건가……."

진짜 동료들은 시간이 정지한 공간 속에 갇혀 있을 것이다.

이들은 그저 허깨비.

동료들의 겉모습만 본뜬 인형에 불과하리라.

그런 인형들이 사방에 가득했다.

최초로 팀을 꾸렸던 네 명과 이후 합류한 자들 그리고 그들과 민재의 프리 미니언까지.

김철수와 싸우기 전에 꾸려졌던 모든 팀원이 한 명도 빠짐없이 신전 위에 서 있었다.

신이 말한 민재의 전력이란 민재 혼자만이 아닌 팀원 전체를 뜻하는 것이겠지. 그러니 민재만 전장에 참여한 것이 아니라 허깨비일지언정 팀원 전체가 나타난 것이리라.

"하하하……."

민재는 헛웃음을 냈다.

참으로 고맙지 않은가. 이미 죽어서 볼 수 없으리라 생각했던 동료들의 얼굴을 다시 볼 수 있다니.

동료들의 면면을 얼마 동안이라도 좀 더 바라보고 싶었으나, 그럴 시간이 없다.

이미 전투는 시작된 것이나 다름없다.

미니언이 소환된 이후부터가 진정한 전투지만 실제론 그 전부터 정보전이 펼쳐지는 것이다.

그리고 그 정보전은 적의 동선을 파악하며 맵을 장악하는 것부터 시작하는 법. 넓은 맵을 혼자서 커버하기란 불가능에 가깝다. 그러니,

"미냐세, 넥서스로."

말이 제대로 끝나기도 전에 미냐세가 움직였다.

아무런 표정 없이 로봇처럼 팔다리를 움직이며 그녀는 넥서스로 걸어갔다. 정확한 위치를 말해 주지 않았지만 그녀는 민재가 생각하는 장소를 정확하게 찾아갔다.

'내 생각을 읽고 움직이는 것인가?'

미니언처럼 자동으로 싸우는 방식이 아니라 민재의 통제를 받는 듯했다. 나쁘다고는 볼 수 없으나 긴박한 전투에서 민재가 모든 이에게 하나하나 명령을 내릴 수 없지 않은가.

동료들은 민재와 손발을 맞추었기에 스킬을 연이어 사용해 전투력을 극대화하는 방법에 익숙했지만, 이 허깨비들

이 동료들의 전술을 똑같이 따라 할 수 있을지는 미지수다.

게다가 전투에 돌입했을 때 명령을 내리지 않아도 스스로 알아서 싸울지, 아니면 넋 놓고 가만히 명령만 기다리고 있을지조차 아직은 알 수 없다.

'일단은 시간이 필요해.'

민재는 제대로 싸우고 싶었다.

지금까지 힘들지 않은 전장이 없었고 이기지 않아도 될 전장도 없었다.

하지만 이번은 너무나도 중요한 전장이다.

민재 자신은 물론이고 동료들의 목숨까지 달려 있다. 기절한 프롬도, 농땡이만 부리는 드래곤들도, 심지어 지구 전체의 운명까지 이 전투에 달려 있다.

어떻게 해서든 이겨야만 한다. 치솟는 감성은 꾹꾹 눌러버리고 냉철한 이성을 깨워야만 한다.

민재는 필드부터 살피기 시작했다.

지금까지와 그리 다르지 않은 전장이었다.

진격로와 정글이 보였고, 그 외에 다른 구조물은 없었다.

하지만 확연히 차이 나는 점이 있었다.

'진격로가 하나뿐이라……'

지금까지 겪은 전장은 진격로가 세 개.

그러나 이번 전장은 진격로가 단 하나뿐이었다.

신이 보여 주었던 결승전 맵은 정중앙에 신의 본진이 있고 유저들의 본진이 그를 둘러싼 형식이었다. 신과 유저들의 본진 간에는 진격로가 하나밖에 없었다.

그런 전장에서 민재와 신의 본진만 가져오게 되면?

일직선 구도의 전장이 만들어지게 된다.

낯설지만, 지구에 있는 게임에도 이러한 맵이 존재했다.

소수가 싸우기에 적합한 맵인 만큼 정글에 있는 몬스터의 수도 적고 대전 시간도 짧다.

'짧은 시간 안에 결판이 나겠군.'

진격로가 세 개면 아군의 전력을 적절히 배분하는 것이 중요하다. 또한 맵 장악과 치고 빠지는 전술, 흩어졌다가 모이는 팀워크 등이 승리의 열쇠다.

그러나 진격로가 한 개인 전장에서는 이러한 요소의 중요성이 떨어진다.

대신 뭉쳤을 때의 강함, 일명 한타라고 하는 무더기 싸움을 잘하는 팀이 강자가 된다.

민재의 팀은 이러한 한타 싸움에 강하다.

팍살라를 넘어설 정도로 강해진 민재는 물론이고 드래곤들까지 대단히 강력하기 때문이다.

하나 약점은 있다. 다른 동료들과 프리 미니언이 그리 강하지 않다는 것이다. 한타가 이루어질 때마다 이들이 죽어 버린다면, 전장이 길어질수록 아군이 점점 불리해지는 것이다.

'페그노르는 양측의 전력이 비슷하다고 했었지.'

민재는 아직 적의 전력을 모른다.

적이 가진 스킬도 모르고 강점도, 약점도 모른다.

그러나 신은 이쪽 전력을 모두 알고 있다. 정보력만 보자면 압도적으로 불리한 입장이다.

양측의 전력이 비슷하다는 놈의 말이 허언이 아니라면, 순수 전투력으로는 이쪽이 우세일 것이다.

그렇다면, 민재가 우선적으로 생각해야 할 전략은 시간 끌기다.

체력이 약한 아군을 죽지 않게 보호하며 적의 전력을 파악한다.

진정한 싸움은 그 후에 하는 것이다.

민재는 미니맵을 보며 초기 전략을 구상했다.

'전장이 시즌 2의 것인지부터 확인해야 해.'

민재는 시야 와드를 구매했다.

그리곤 그것을 사령술사에게 건네주었다.

그는 망설임 없이 그것을 바닥에 꽂았다. 시야 와드는 한 치의 오작동 없이 주변의 시야를 밝혀 주었다.

'룰은 사라, 김철수 때와 동일하군.'

시즌 1과 2가 섞인 룰이었다.

그렇다면 초기에 할 행동은 정해져 있는 법.

"풍룡 소환!"

차아앙!

내뻗은 반지에서 풍룡이 소환되었다.

곧 동료들도 시야 와드를 구매해서 프리 미니언들에게 쥐여 주었다.

"팍살라, 풍룡, 해룡, 모두 정글로 가."

민재는 세 마리 드래곤과 다른 프리 미니언 그리고 동료들의 프리 미니언 모두를 정글로 보냈다.

중립 몬스터는 좋은 경험치 공급원이지만, 포탑이 없는 곳에서의 싸움은 자칫 죽음을 야기할 수 있다.

몇 번이고 부활 가능한 프리 미니언을 정글로 보내고, 유저들은 포탑을 끼고서 안전하게 성장하려는 것이다.

"샤나는 내 위에, 나머지는 나를 따라서."

민재는 허깨비들을 이끌고 진격로로 나아가기 시작했다.

그러곤 포탑 근처에 멈춰서 미니맵을 살폈다.

프리 미니언들은 진격로 양측에 있는 정글에 자리를 잡았다. 정찰용 퍼스파들은 적진을 정찰하며 시야 와드를 박아 나갔다. 나머지 프리 미니언들은 몬스터가 출몰하는 둥지에 자리를 잡았다.

'적이 보이지 않는군.'

정찰용 퍼스파들이 맵 중앙을 넘어 적 본진 근처까지 갔으나 적은 보이지 않았다.

포탑 근처나 진격로까지는 정찰하지 못했지만, 정글에 적이 보이지 않는다니.

'몬스터를 사냥할 생각이 없는 걸까? 아니면 처음부터 진격로에 모든 화력을 집중한다?'

민재는 신이 어떤 전략을 구사할지 예상할 수 없었다.

다만 전력을 분산시키지 않고 한곳에 집중할 가능성이 크다.

[미니언이 생성되었습니다.]

'시작이야.'

민재는 창을 굳건히 쥐고 천천히 앞으로 나아갔다.

포탑의 사거리를 벗어나 조심스럽게 적진을 살폈다. 하나 적의 포탑 근처에도 인기척은 없었다.

거기서 더 나아가진 못했다. 적이 은신하고 있다면 초반부터 크게 당할 수 있기 때문이다.

한데 민재의 눈에 이상한 점이 보였다.

'포탑이 내 것과 같군.'

상대 측 포탑의 외관이 민재의 것과 동일했다.

색깔만 조금 다를 뿐, 크기나 모양 심지어 체력까지 판박이였다.

포탑의 모양은 영토의 주인이 어떤 세계에 살고 있느냐에 따라 달라지는 법. 민재의 것이 지구 중세의 구조물과 흡사하다면 동료들의 것은 그들 세계의 것과 비슷했다.

'그러고 보니 본진의 건물도 비슷하네.'

미니맵으로 보이는 적진은 뿌옇게 흐린 모습이었다.

자세히 살펴볼 수는 없었지만 건물 배치나 대략적인 외관은 볼 수 있었는데, 이러한 건물들이 민재의 것과 크게 다른 점이 없었다.

'설마……'

머릿속에서 뭔가가 떠올랐으나, 아직 확신할 순 없었다.

민재는 기다렸다.

본진에서 소환된 미니언이 점점 다가와 포탑을 지나쳤다. 맵의 정중앙까지 진출하자 적이 보이기 시작했다.

적군 미니언 역시 중앙으로 진출했다.

그것들이 다가오자, 민재는 확신할 수 있었다.

'역시.'

적군 미니언마저 민재의 미니언과 똑같았다.

색깔이 조금 다르지만 철갑 옷의 디자인은 물론이고 검과 방패, 전투 능력까지 동일한 것이었다.

'확률이 반반이라더니, 내 것을 그대로 복사했군.'

신이라고 한들 밸런스 조정이 쉬울 리 없다.

아무리 전력을 비슷하게 맞춘다고 해도 개인의 능력이 제각각인 점은 물론이고 조합했을 때의 파괴력 역시 달라 예측한 대로 전투가 벌어질 것이란 보장이 없다.

그래도 미니언과 포탑 등의 능력이 동일하다면 양측의 밸런스를 맞추기 쉬워진다.

신은 나름대로 공정한 전투를 준비한 것이다.

'하지만 사기 스킬을 사용할 게 뻔한데. 그것을 파악하는 데만 해도 시간이 걸리니, 결국 초반엔 몸을 사리는 수밖에…… 잠깐!'

갑자기 황당한 생각이 떠올랐다.

완벽하게 승률을 50대50으로 맞출 수는 없다.

그런데 신은 자신했다.

사실상 불가능한 수치인데도 그렇게 확신한다는 것은.

'설마!'

민재는 즉시 뒤로 물러서며 외쳤다.

"다들 진격로로 귀환해!"

정글에서 사냥하려던 프리 미니언들이 즉시 움직였다.

팍살라와 풍룡은 날아올랐고 해룡은 달렸다. 나머지 프리 미니언들도 자신의 최대 속력으로 진격로를 향해 달려오기 시작했다.

하지만 이미 늦어 버렸다.

'제기랄!'

민재는 창을 거머쥔 채 신음을 흘렸다.

미니언과 미니언이 맞붙는 순간,

쇄애액!

거대한 것이 전방에서 빠른 속도로 날아왔다.

그것은 팍살라였다.

하지만 미니맵에서의 표식은 분명 적의 것.

색깔마저 푸른색이었다. 덩치도 힘도 동일한데 푸른 드래곤의 입가에선 서리 섞인 숨결이 나오고 있었다.

그리고 그 위에는,

민재가 있었다.

화룡의 지배자 스킨과 똑 닮은 푸른색의 기사.

푸른 팍살라 위에는 민재 자신은 물론이고 동료들마저 판박이인 모습으로 탑승하고 있었다.

그 옆에는 주황색의 풍룡이, 그 아래는 허연 빛깔의 해룡이 질주해 왔다.

"나와 동료 모두를 복사한 거냐!"

민재는 경악해 소리쳤다.

확률이 반반이라더니, 진짜 전력을 통째로 복사해 버릴 줄이야!

그러면 양측의 전력이 자연히 똑같을 수밖에 없다.

스킬을 포함한 개인의 힘은 물론이고 허깨비 동료들에게 입력되어 있을 기본적인 대응법까지.

전부 똑같은 상태인 적과 승부를 벌여야 하는 것이다.

신이 장담했던 바대로, 이 전장은 완벽하게 조건이 동일하다.

단 하나, 민재의 머릿속만 제외하고.

민재와 신, 둘 중 누가 더 운영을 잘하느냐에 따라 승패가 갈린다.

전장에 더 적합한, 희생이 따르더라도 적에 비해 조금이라도 더 이득을 볼 수 있는 결정을 해야만 이길 수 있는 구조.

민재만큼 자신의 스킬과 아군의 전력을 잘 파악하고 있는 자는 없다.

잘 아는 만큼 그 위험성에 대해서도 누구보다 잘 파악하고 있다.

그러니 지금 상황은 민재에게 압도적으로 불리하다.

아군은 주요 전력이라 할 수 있는 세 마리 드래곤이 정글에 가 있는데, 적은 한곳에 똘똘 뭉쳐 돌격해 오고 있으니.

맞붙으면 필패이리라.

포탑을 끼고 싸우면 유리한 점이 있으나, 세 마리 드래곤의 힘은 포탑의 공격을 충분히 견뎌 낼 수 있을 정도로 강하지 않던가.

못해도 여러 명이 사망, 자칫하면 전멸이다.

"후퇴!"

민재는 곧바로 뒤로 달렸다.

허깨비 동료들 역시 포탑을 버리고 도주하기 시작했다.

하지만 적군의 팍살라가 더 빨랐다. 넓디넓은 전장을 단시간에 횡단할 정도로 비행 속력이 빠른 그가 아니던가.

적측 팍살라가 순식간에 다가와, 입을 벌렸다.

화아악!

적군 드래곤의 입에서 불이 뿜어졌다.

진격로는 외길.

브레스는 일직선으로 뻗어 오는 부채꼴.

포탑 근처에서 도망치고 있는 민재 일행에게 피할 곳이란 없었다.

이대로 브레스를 맞게 되면? 민재는 살아남을 수 있겠지만 체력이 낮은 동료들은 전멸하고 말 것이다.

대책을 생각할 시간조차 제대로 없었다. 브레스의 속도가 너무나도 빨랐기 때문이다.

그래도 피해를 조금이나마 줄일 방법이 있다.

'제기랄!'

민재는 급선회했다.

적의 브레스가 쏟아지고 있는 곳으로 방향을 튼 것이다.

파팟.

민재의 손에 초보자용 방패가 소환되었다.

그것을 들고 달려가며, 그대로 점프.

그 순간, 화르륵!

브레스가 민재의 몸을 덮쳤다.

엄청난 압력과 함께 뼈가 시릴 정도의 한기가 몸을 강타했다. 이가 덜덜 떨릴 정도로 큰 고통이 느껴졌다.

민재는 그것을 억지로 참아 가며 방패를 부채처럼 휘둘렀다.

펄럭! 화악!

노를 저어 파도를 가르는 것처럼, 방패가 휘둘러지는 방향에 맞춰 시퍼런 브레스가 양측으로 갈라지기 시작했다.

균열.

거대한 줄기에 비하면 보잘것없을 정도의 틈이 생겨났을 뿐이지만 약간 방향을 트는 데는 성공했다. 그 줄기는 위쪽으로 뻗어 나가 허무하게 허공을 갈랐다.

하나 나머지 브레스는 어찌할 도리가 없었다. 굵직한 브레스는 일말의 자비도 없이 날아들었고, 곧이어 동료들을 덮쳤다.

화르륵!

시퍼런 불길이 뿜어짐과 동시에 시스템 음성이 연이어 들려왔다.

[적 선취점 달성!]

[더블 킬.]

[트리플 킬!]

순식간에 아군 열 명이 죽어 나갔다.

고블린과 토끼, 여우, 원거리 딜러인 마수는 일곱 명 모두가 즉사했다.

살아남은 이도 체력이 너무나 떨어져 죽기 일보 직전이나 다름없었다.

무지막지한 피해였으나, 전멸하지는 않았다.

다행스러운 일이나, 적의 공격은 이것이 끝이 아니었다.

파아아아.

또다시 브레스가 날아오기 시작했다.

이번엔 풍룡.

주황색의 적군 풍룡이 뿜어낸 브레스가 제2파로 몰아치고 있었다.

그것까지 막을 수 없었다.

몸이 두 개가 아닌 이상, 양쪽에서 쏟아지는 브레스 두

개를 모두 다 막기란 불가능한 일이었다.

'젠장!'

콰과광!

대기가 미친 듯 떨리며 요동쳤다.

아군 역시 무사하지 못했다. 겨우 살아남았던 동료 모두가 이번 브레스로 사망하고 만 것이다.

이제 살아남은 자는 민재와 샤나뿐.

하나 적은 아무도 죽지 않은 상황이었다.

시작부터 암담해졌으나, 공격은 계속 이어졌다.

민재가 땅으로 떨어져 내리려는 찰나,

구그그그그

적군 해룡마저 돌진해 왔다.

허연 빛깔의 거대한 덩치. 그것은 인정사정없는 멧돼지 같았다. 바닥을 갈면서 질주해 오는 광경이 눈에 들어왔지만 하늘을 날 수 없는 민재가 저 돌격을 피할 방법은 없었다. 결국,

콰아앙!

해룡의 박치기에 민재는 야구공처럼 날아갔다.

'윽!'

세상이 몇 번이나 빙빙 돈 다음에야 민재는 바닥을 느낄 수 있었다.

재빨리 균형을 잡으며 겨우 자세를 바로 하고 나자, 민재를 더욱 난처하게 만드는 일이 벌어지고 있었다.

쇄애액!

푸른 갑주의 기사.

화룡의 지배자 스킨을 통째로 복사해서 색깔만 바꾼 자가 창을 앞세운 채 이쪽으로 날아오고 있었다.

'페그노르!'

신이었다.

투구를 깊게 눌러쓰고 있어 얼굴은 보이지 않았으나, 그는 분명 신.

민재와 똑같은 전투력을 가진 자.

홀로 드래곤까지 물리칠 수 있는 무쌍한 전투력은 이쪽과는 달리 조금의 피해도 입지 않은 상태였다.

적군 팍살라의 비행 속도에 점프 속도까지 더해져 그는 엄청나게 빠른 속도로 날아왔다.

자세가 방금 안정된 민재로서는 피할 수 없는 돌격 속도였다.

거기다 그를 돕고 있는 이들마저 있었다.

비누엘과 우르자, 마수들마저 냉엄한 눈길을 한 채 가짜 팍살라의 등에서 뛰어올라 다가오고 있었다.

그들이 쥔 무기에서 빛과 화살이 뿜어졌다.

민재는 본능적으로 위기를 느꼈다.

브레스에 맞아 체력이 떨어진 자신이 압도적으로 불리했다.

그렇다고 도망갈 수도 없는 판국.

'제기랄!'

민재는 창을 마주 뻗었다.

붉은 창과 푸른 창은 스치듯 지나쳐 서로의 가슴을 노렸다.

그 순간 민재는 스킬을 사용했다.

민재가 가진 스킬은 액티브 세 개와 궁극기, 그리고 패시브 스킬이었다.

전부 전장에서 굉장한 위력을 발휘하는 스킬이기에 상황에 따라 사용하는 순서를 달리해 왔다.

하나 이번에 상대하는 적은 신.

민재가 사용할 수 있는 스킬을 똑같이 사용할 수 있는 적이기에 민재는 결코 방심할 수 없다.

자신이 가진 스킬이 무엇이던가.

적이 강하면 강한 만큼, 수가 많으면 많은 만큼 힘을 발휘하는, 적의 능력을 빼앗아 자신이 강해지는 기술이 아니던가.

누가 어떤 스킬을 먼저 사용하느냐에 따라 전세가 뒤집

어질 것이다.

특히 상대방이 가진 스킬을 빼앗아 쓸 수 있는 갈취 스킬은 무지막지하다. 이것으로 궁극기를 빼앗아 버리면 적의 전투력은 급감할 수밖에 없다.

달리 말하면, 민재 역시 신에게 궁극기를 빼앗길 수 있다는 뜻.

그러한 스킬을 가진 적을 상대할 때 가장 먼저 사용할 스킬은 바로…….

"탈혼!"

민재는 궁극기부터 사용했다.

적대적인 모든 스킬을 무마하는 민재의 궁극기.

적이 갈취 스킬로 자신의 궁극기를 빼앗기 전, 미리 보호막을 둘러 버리려는 것이었다.

하나, 신 역시 같은 생각을 한 것 같았다.

"탈혼!"

똑같은 스킬이 두 사람의 입에서 동시에 외쳐졌다.

그와 함께, 파아악!

민재의 등 뒤에 쓰러져 있는 동료들에게서 빛이 뿜어졌다.

그 빛은 생겨나자마자 두 사람에게로 쏟아지기 시작했다.

저것이 몸에 닿아야 궁극기가 활성화된다.

발동되기까지 걸리는 시간은 찰나와도 같았다.

하나 그것이 발동되기도 전에 창끝이 서로의 가슴을 강타했다.

쾅!

"윽!"

동시에 타격음이 터지며 가슴이 꿰뚫리는 통증이 엄습했다.

정신이 아찔해질 정도였으나, 다음 스킬을 사용하기에 이보다 더 좋은 타이밍은 없는 법.

"갈취!"

"탈취!"

외침과 함께, 궁극기가 발동되었다.

화아앙!

허깨비 토끼의 시체에서 가져온 영혼 덩어리는 민재의 몸을 빈틈없이 감쌌고, 민재의 갈취 스킬은 적에게 가해졌다.

[적의 스킬을 갈취했습니다.]

갈취 스킬이 성공했다는 것은 적의 궁극기가 활성화되기 전에 스킬을 빼앗아 버렸다는 뜻.

곧이어 귓속을 울리는 음성이 있었다.

[탈혼 스킬이 중첩됩니다. 지속 시간 12초.]

'성공했어!'

민재는 적의 궁극기를 빼앗았다.

반면 적의 탈취 스킬은 민재의 궁극기에 막혀 아무런 효과도 발휘되지 못했다.

실로 간발의 차. 식은땀이 흐를 정도였다.

동시에 궁극기를 사용했으나, 발동은 민재가 미묘하게 더 빨랐던 것이다.

이유는 민재가 아군의 시체에 더 가깝게 위치해 있었기 때문이다.

만약 동료들이 민재의 앞에서 죽었다면 정반대의 결과가 나왔을 터.

"늦었군."

신이 낸 목소리였다.

다소 저음이긴 했으나 조금도 실망하지 않았다는 투였다. 스킬 타이밍 면에서는 뒤졌으나 그가 가진 전력은 민재를 압도하고도 남기 때문이다.

그것을 알고 있는 민재이기에 조금도 시간을 주체할 수 없었다.

"합!"

곧바로 팔을 뻗어 공격을 하면서 남은 스킬을 퍼붓기 시작했다.

"강탈! 탈취!"

콰광!

공격 아이템은 물론이고 적이 가진 공격력마저 빼앗았
다.

그리고 연타를 가하니 신의 체력이 푹푹 깎여 나가기 시
작했다.

하나 안심할 수만은 없었다.

신의 뒤편에서 적군의 공격이 퍼부어졌기 때문이다.

푸슈욱! 파앙!

화살과 마법 공격이 연이어 민재의 몸을 쳤다.

궁극기로 인해 스킬에 내성이 생겼으나 기본 공격마저
방어할 수는 없었다.

일대일로 따지면 신보다 전력은 높았으나 나머지 적군
동료의 공격까지 받게 되면 이쪽이 불리해지는 법.

민재는 체력을 회복해야만 했다.

"약탈!"

미니맵을 훑어 아군의 시체를 바라보자 그들의 몸에서
빛 덩어리가 생겨나기 시작했다.

저것은 동료들이 가지고 있던 아이템.

빛무리로 화한 아이템이 날아와 민재의 몸으로 흡수되고

난 이후에야 체력이 회복되고 아이템의 능력 중 일부를 사용할 수 있다.

그런 아이템의 수는 사방이 환해질 정도로 많았다.

죽은 동료가 열다섯 명이나 되기 때문이다.

저 아이템들을 제대로 흡수할 수만 있다면 민재 혼자서도 위기를 헤쳐 나갈 수 있겠으나.

"약탈!"

신마저 약탈 스킬을 사용하고 말았다.

움찔!

민재를 향해 날아오던 빛무리가 잠시간 주춤했다.

절반은 아무런 변화 없이 민재를 향해 날아오고 있었으나, 나머지 절반은 아니었다.

신을 향해 날아가기 시작한 것이다.

약탈 스킬을 나눠 먹어야 하다니!

상황이 이렇게 되면 민재 혼자서 적을 물리칠 수 없게 된다.

민재가 체력을 회복하고 강해지는 만큼 신 역시 강해질 것이니 말이다.

전황이 불리해졌지만 도주할 수는 없다.

이미 호랑이 등 위에 올라탄 상황.

뒤돌아 도망치다간 추격하는 적군의 공세를 이기지 못하

고 죽고 말리라.

차라리 죽더라도, 조금이라도 더 많은 적을 없앤 후 죽
는 것이 나중을 위한 길이다.

팍!

다시 창을 들고 신을 공격해 나가던 순간.

슈아앙!

검은 그림자가 하늘을 덮었다.

굳이 고개를 돌리지 않아도 알 수 있었다.

적군 팍살라와 풍룡이 근접 공격을 감행하고 있는 것이
다.

게다가 민재를 들이받았던 해룡이 돌격 방향을 재조정한
후 다시 돌격해 오고 있었다.

이제는 민재 홀로 적군 전체를 감당해야 하는 상황이 되어
버렸다. 아군 포탑이 빛을 발하며 적군 팍살라를 공격하고는
있었으나 겨우 이 정도의 공격으론 적을 물리칠 수 없다.

전력 차이에 이만큼이나 답이 없다.

민재는 신의 공격을 버텨 내며 그 뒤를 노렸다.

체력이 저조한 적군 동료들을 척살하기 위해서였다.

하나 그 행동을 감지한 신이 앞을 막아섰다.

위에서는 두 드래곤이, 옆에서는 해룡의 돌격이 닥쳐왔
다.

절체절명의 상황이었다.

궁극기로 인해 스킬이 통하지 않는 민재였으나 사방팔방에서 기본 공격을 맞아 버리면 금세 쓰러지고 말리라.

하나 민재에게 희망이 없는 것은 아니었다.

'시간을 끌어야 해. 조금만 더!'

콱!

적군 팍살라의 물기 공격을 피하며 때가 왔음을 짐작했다.

민재는 즉시 외쳤다.

"뿜어!"

화르륵!

난데없이 붉은 불길이 뿜어졌다.

하늘을 덮을 정도로 굵고 거대한 불길이 적의 후방에서 날아왔다.

브레스의 주인은 팍살라.

붉은 거체를 가진 아군 팍살라였다.

정글을 돌고 있던 그와 두 드래곤을 민재가 호출했었다. 먼 거리를 지나 그들이 이제야 당도한 것이다.

"기습인가?"

신이 읊조렸다.

그와 함께 적군 동료들이 사방으로 흩어지기 시작했다.

브레스를 피하려는 의도였으나, 여의치 않았다.

체력이 높지 않은 적군 동료들은 후방에 자리한 상황.

그곳을 향해 아군 팍살라의 화염 브레스가 일직선으로 뿜어졌고, 막을 자는 없었다.

화르륵!

[이민재 님이 적을 처치했습니다.]

[더블 킬.]

[트리플 킬!]

단숨에 적군 수십이 죽어 나갔다.

공격은 이에 그치지 않았다.

상공에서 날아온 아군 풍룡도 브레스를 뿜었다.

살아남은 몇몇 적군이 재빨리 점프했으나, 타깃은 그들이 아니었다.

콰과곽!

칼날 소용돌이가 상공에 있는 적군 드래곤을 노렸다.

단숨에 적군 드래곤의 날개가 찢어졌다. 민재를 공격하느라 후방의 공격에 대비하지 못한 탓이었다.

'좋았어!'

양 진형의 가장 강한 전력은 민재 자신.

그다음은 드래곤들이다.

그들 중 푸른 드래곤의 날개를 찢어 버렸으니, 이제는

양측의 전력이 비등해졌다.

압도적으로 불리한 환경에서, 이제는 해볼 만한 전투가
된 것이다.

하나 신은 민재의 생각대로 움직여 주지 않았다.

"낙관하긴 이르다."

신은 갑자기 뒤돌아 달려가더니 도망치고 있던 적군 체
게게의 몸에 창을 꽂아 넣었다.

푸욱!

적군 체게게의 허리가 비명도 없이 휘어졌다.

[적이 처형되었습니다.]

'뭐얏? 같은 편을 죽이다니!'

민재는 경악했다.

신이 비정해서가 아니라 그가 하려는 행동을 예상했기
때문이다.

그 생각이 맞았는지, 신은 사용하지 않은 두 개의 스킬
중 하나를 사용했다.

"갈취!"

번쩍!

쓰러지는 적군 체게게의 시체에서 빛이 번뜩였다.

그 의미는 단 하나.

갈취 스킬로 그녀의 스킬을 빼앗았다는 뜻이다.

'땅도장?'

체게게의 스킬은 광역 마비 기술.

저것을 신이 사용하면 주변에 있는 드래곤은 모두 마비 상태에 빠진다.

움직일 수 있는 자는 민재와 신만 남게 되는 것.

둘이서 일대일로 싸운다면 민재가 우세하나, 신이 그렇게 싸울 리는 만무하다.

그는 막강한 공격력을 이용해 드래곤부터 잡으려 할 것이다. 드래곤 하나라도 죽는다면 양측의 전력 균형은 무너지고 만다.

민재는 그것을 막아야 한다.

즉시 달려가 신을 막으려 했으나, 둘 사이의 거리는 단숨에 다가설 수 있는 거리가 아니었다.

쾅!

결국 신은 스킬을 사용하고 말았다.

사방으로 충격파가 퍼지며 땅거죽이 터져 나갔다.

서로를 물고 할퀴던 드래곤들이 동시에 몸을 멈칫했다. 이제부터 잠시간 아무런 행동도 할 수 없는 마비 상태에 빠진 것이다.

팍살라는 물론이고 풍룡마저 입을 벌린 채 무방비 상태.

신은 그들을 공격하기 시작했다.

촤아악!

점프하듯 날아올라 창으로 풍룡의 목을 찔렀다.

단숨에 풍룡의 체력이 급감했다.

'젠장!'

민재는 신을 막아 나갔다.

하나 신은 교묘하게 움직이며 민재의 공격을 피했다. 멈춰 있는 드래곤을 방패막이 삼아 움직이며 드래곤에게만 창 공격을 퍼붓기 시작한 것이다.

이리되면 어쩔 수 없었다.

1초가 소중한 때.

그렇다면 그를 막는 것보단 민재 역시 드래곤을 공격함이 옳았다.

퍼퍼퍽!

둘은 미친 듯이 창을 찔러 나갔다.

드래곤들의 비늘이 터져 나가며 피가 솟구쳤다.

스킬로 인한 마비 상태는 잠깐에 불과한 시간이었으나 그들은 큰 피해를 입고 말았다.

마비 효과가 끝났을 땐 아군 풍룡이 사망한 후였다.

민재는 적군 팍살라를 처치했다.

콰직!

멈춘 것처럼 보였던 시간이 맹렬히 움직이기 시작했고,

전투가 재개되었다.

민재와 신은 드래곤을 공격하는 것을 멈추고 서로를 향해 달려들었다.

콰콰광!

연타가 가해지며 갑옷이 우그러들고 붉은 피가 튀었다.

싸움은 길지 않았다.

막강한 두 세력이 한 치의 양보도 없이 서로를 공격했기 때문이다.

결국 하나둘씩 바닥에 쓰러지며,

[적이 이민재 님의 대량 학살을 막았습니다.]

민재 역시 죽고야 말았다.

순식간에 시야가 회색빛으로 변하며 민재는 영혼 상태로 화했다.

하나 신 역시 무사하지는 못했다.

간발의 차로 민재를 쓰러뜨리기는 했으나 그 역시 큰 피해를 입고 만 상태.

결국 아군 포탑의 공격을 이기지 못하고 신 역시 바닥에 쓰러지고 말았다.

[이민재 님이 적의 대량 학살을 막았습니다.]

전멸.

허깨비 유저들은 물론이고 프리 미니언까지 모조리 죽고

말았다.

하나 피해로 따지면 아군이 더 불리한 상황이었다.

격전지가 아군의 포탑 옆이었기 때문에 포탑이 크게 훼손되고 만 것이다.

'시작부터 뒤지기 시작했군……'

양측의 힘이 똑같기에 약간의 차이라도 벌어지면 다음 싸움은 더 힘들어진다. 이러한 차이는 시간이 흐를수록 점점 커져 나중에는 감당할 수 없을 정도가 된다.

이미 벌어진 차이를 메꾸려면 집단전을 피하고 다른 곳에서 이익을 봐야 하는데, 이는 여의치 않았다.

진격로가 하나뿐이라 변수가 줄어든 데다 전력을 퍼트리면 적의 집중 공격에 당할 수 있기 때문이다.

'변수는 정글뿐인가.'

주요 전력은 진격로에 배치해 적을 상대하고 일부 인원만 몬스터를 잡는다.

자칫 싸움이 벌어지기라도 하면 크게 질 수밖에 없는 전력 배분이었으나 어찌할 도리가 없었다.

파아앙!

민재는 신전에서 부활했다.

옆에서 동료들과 프리 미니언들이 하나둘씩 되살아나기 시작했다.

민재는 아이템을 구매하곤 서둘러 진격로로 나아갔다.

그리고 인원을 배분했다.

목숨에 제한이 없는 프리 미니언은 진격로로, 동료들은 정글에서 사냥을 하는 것으로.

수비적으로 행동하며 시간을 끌곤 천천히 성장한다. 포탑이 몇 개 무너지더라도 본격적인 전투는 그 이후에 하기로 마음먹은 것이다.

그렇게 이동하며 민재는 전체 채팅으로 말을 걸었다.

"미러전(Mirror戰)을 계획하고 치사하게 기습이라니, 너무한 거 아니야?"

신의 대답은 곧 들려왔다.

"스킬의 숙련도 면에선 네가 우위이지 않나? 그리고 내가 가졌던 정보의 우세는 이미 사라졌다."

감정이라곤 조금도 실리지 않은 말투였다.

그의 말이 틀린 건 아니었다.

스킬 활용도 면에선 민재가 앞섰다. 참으로 미묘하고 사소한 차이에 불과했으나 전투에 들어서게 되면 이 차이는 승리를 부르는 열쇠가 될 수도 있다.

"치사한 기습은 이번엔 통하지 않을 거야."

"방심하지 않는 것이 좋을 것이다. 나와 너는 엄연히 다른 생각을 가진 존재이니."

"그건 두고 봐야겠지."

포탑이 보이자 민재는 채팅을 끊었다.

동료들은 조심스럽게 몬스터 사냥을 시작했다.

민재는 드래곤 셋을 방패처럼 앞세우곤 포탑을 방어하며 천천히 전진해 나가기 시작했다.

'모여 있군.'

앞쪽에 적이 보였다.

한 사람도 예외 없이, 모두가 한자리에 모여 있었다.

여차하면 달려들 기세라 민재는 전진을 멈추었다.

동료들이 없으니 전력에서 상대가 되지 않는다.

다소 소극적으로 행동하기 시작하자, 신이 물어 왔다.

"이민재, 투쟁이 무엇이라 생각하는가?"

"무슨 뜬금없는 소리지?"

"너희 인간은 무엇을 위해서 싸우고 사랑하고 살아가는가?"

"생각해 본 적 없는데?"

"그대는 대전을 쉰 적이 없다. 불리해 보이는 싸움도 마다하지 않은 이유가 무엇인가?"

"너는 내 물음에 대답을 해 주지 않으면서 그런 걸 물어?"

"힘을 추구하는 인간의 습성인가?"

"싸움이나 계속하지?"

민재는 대답을 회피했다.

거창한 철학을 논하기엔 지금 상황이 너무 촉박했다.

전장에 돌입한 이상, 적과의 단순한 대화조차 치명적인 피해를 일으킬 수 있다.

대화가 끊기자 적이 움직이기 시작했다.

체력이 많은 해룡을 앞세워 천천히 압박해 왔다.

민재는 전력을 뒤로 물렸다.

적은 포탑의 사정거리 앞에서 멈춰 선 채 원거리 공격만 하기 시작했다.

전진하던 아군 미니언이 순식간에 죽어 나갔다.

그만큼 적은 고스란히 경험치와 골드를 획득했다.

반면 아군은 골드 획득 면에서 밀리고 있었다.

강력한 공격력을 가진 포탑이 적군 미니언을 죽이므로 아군이 골드를 얻는 데 방해가 되고 있기 때문이다.

'치사하게.'

이대로 대치가 계속된다면 불리해진다.

하나 이 상황은 진격로만 봤을 때 일어나는 손해.

정글까지 생각하면 아군이 훨씬 더 많은 이익을 보고 있었다.

그래서 다소 안심하고 있었는데, 적은 만만치 않았다.

적군 퍼스파가 아군 정글로 진출해 오고 있었기 때문이
다.

　"잡아!"

　아군 몇이 사냥을 멈추고 재빨리 공격에 나섰다.

　퍼스파들은 체력이 낮아 처치하기 쉬웠다. 하지만 그들
이 정글에 시야 와드를 박는 것까지 막을 수는 없었다.

　시야 확보.

　적의 행동 반경이 넓어졌다.

　이는 아군이 마음 놓고 사냥을 할 수 없어진다는 뜻이
다.

　'어쩔 수 없어. 철수해야겠…….'

　이동 명령을 내리려는 찰나.

　파악!

　적이 이상행동을 하기 시작했다.

　원거리 공격이 가능한 자들이 팍살라와 풍룡의 등에 올
라탔다.

　그리곤 단숨에 날아올랐다.

　방향은 정글.

　"젠장, 팍살라!"

　민재는 소리치며 점프했다.

　정글에 있는 아군은 아직 레벨이 낮다. 드래곤을 포함한 적을 상대하기에는 역부족이다. 적이 아군을 급습하게 되면 죽기밖에 더하겠는가?

탁!

민재가 팍살라의 목을 잡자 곧바로 날아올랐다.

풍룡도 프리 미니언 몇을 태우곤 반대 방향으로 날기 시작했다. 적이 드래곤 둘을 양측으로 나눴기에 대응하려는 것이다.

하나 적이 더 빨랐다. 출발이 빨랐기에 도착 역시…….

자칫하면 아군은 별다른 저항도 하지 못한 채 죽게 된다.

하나, 적의 행동은 예상 밖이었다.

파악!

질주하던 적군 팍살라가 급선회했다.

그리곤 민재를 향해 맹렬히 돌진해 오기 시작했다.

미니맵으로 보이는 적군 풍룡도 마찬가지였다.

갑자기 방향을 틀었다. 그리곤 민재가 있는 곳으로 날아오기 시작했다.

'함정! 정글 기습이 아니었나!'

민재는 경악했다.

일명 끊어 먹기 전술.

정글의 동료를 돕기 위해 이동하던 민재는 순간적으로 고립된 것이나 다름없다. 앞과 뒤, 양쪽에서 공격당하면 민재라도 살아 돌아가기 힘들었다.

이쪽은 민재와 샤나, 팍살라 이렇게 셋뿐인데 적은 더
많았다.

"풍룡! 선회해!"

민재는 도움을 요청하는 즉시 팍살라의 등에서 점프했
다.

그와 함께 팍살라가 브레스를 뿜었다.

화아악!

붉고 거대한 불줄기가 뻗어 나가는 그때.

타악!

신 역시 뛰어올랐다.

하나 녀석은 민재처럼 단순히 점프한 것이 아니었다.

[적이 처형되었습니다.]

신은 점프하기 직전, 옆에 있던 동료를 살해했다.

그리곤 쓰러지는 동료의 시체에 궁극기를 사용했다.

"탈혼!"

신의 몸이 번쩍였다.

훔친 영혼으로 몸을 감싸곤 스킬 면역 능력을 얻은 것이
다.

'아군을 죽이다니!'

지금까지 전장을 거치며, 민재는 생각해 왔다.

적에게 돌격하기 전 궁극기를 사용하면 어떨까?

적대적인 스킬이 통하지 않는 민재는 황소처럼 적진을 종횡무진할 수 있게 된다. 단숨에 적군 진형은 와해되어 아군이 크게 유리해진다.

하나 민재의 궁극기는 시체가 없인 사용할 수 없다.

궁극기 쓰자고 아군을 죽일 순 없는 노릇이기에 지금까지 적과 맞붙기 전에 궁극기부터 쓰는 일은 없었다.

하나 신은, 아군을 거리낌 없이 살해했다.

브레스의 영향에도, 민재의 스킬에도 영향 받지 않는 적과 공중전을 벌여야 하다니.

'싸우면 진다!'

민재는 단숨에 깨달았다.

절대적으로 불리한 판국.

하나 이미 팍살라는 브레스를 뿜었고, 민재는 점프를 한 뒤였다.

'젠장!'

민재는 급히 초보자용 방패를 꺼내 들었다.

슈아악!

푸른 갑옷을 입은 신은 브레스를 뚫고 날아왔다. 피해는 조금도 입지 않았다.

날카로운 창끝이 심장을 겨누고 쇄도해 왔다.

민재는 방패를 던졌다.

휘익!

회전하며 날아가는 방패가 적의 창끝에 닿았다.

쾅!

폭발하듯 방패는 튕겨져 나갔다.

아무런 피해도 입히지 못한 허무한 공격.

대신 창의 궤적이 조금 바뀌었다.

약간 왼쪽.

민재는 급회전했다.

스팟!

창끝이 민재를 스쳐 지나갔다.

맞지 않아서 신이 자신의 스킬을 갈취하는 최악의 사태는 피했다.

공중에서 서로의 몸이 스치는 때, 민재는 발길질을 감행했다.

쾅!

배를 타격함과 동시에 민재가 신에게서 멀어지려는 찰나.

슈아악, 콰앙!

두 드래곤이 격돌했다.

바로 옆에서 이루어진 몸통 박치기는 귀를 찢을 정도로

큰 굉음을 만들어 냈다.

그것만이라면 다행이나, 적군 팍살라 위에 타고 있던 자들이 문제였다.

스윽!

머리에 세모난 귀가 달린 적이 지팡이를 들었다.

그와 함께 민재의 주변에서 무언가가 급속도로 자라났다.

꽈드득!

미냐세의 스킬, 식물 급성장이었다.

'제기랄!'

허공에서 갑자기 나타난 덩굴이 민재의 몸을 옭아맸다.

민재는 사지가 묶인 채 추락할 수밖에 없었다.

이대로 떨어진다면 도주는 영원히 불가능할 터.

난관은 또 있었다.

후으읍!

박치기를 끝낸 적 드래곤이 이쪽을 향해 브레스를 뿜으려 했기 때문이다.

"팍살라!"

크앙!

팍살라가 울부짖으며 적군 드래곤을 감싸 안았다.

그러곤 입을 벌리고 드래곤 위에 탑승한 적을 물어뜯었다.

콰직!

[이민재 님이 적을 처치했습니다.]

단숨에 적군 마수 하나가 으깨지며 피를 흘렸다.

민재는 즉시 외쳤다.

"탈혼!"

번쩍!

영혼 조각이 빛을 발하며 날아왔다.

하나 브레스가 더 빨랐다.

화아악!

"으아악!"

서리가 낀 냉기가 몸을 뒤덮자 끔찍할 정도로 큰 고통이 엄습했다.

그와 함께, 쿠앙!

민재는 바닥에 떨어졌다.

통증을 이기며 일어서는 그때, 따스한 온기가 몸을 감쌌다.

영혼이 적대적인 냉기로부터 몸을 보호하기 시작한 것이다.

다행히 죽지는 않았으나, 적의 공격은 끝난 것이 아니었다.

슈아악!

어느새 신이 달려들면서 창을 뻗었다.

브레스에 당한 충격에 몸을 제대로 가눌 수 없었던 민재는 공격을 허용하고 말았다.

쾅!

"윽!"

몸이 뒤로 튕겨졌다.

민재는 반격을 포기하고 도주를 시작했다.

적군 드래곤의 브레스에 맞아 체력이 떨어진 상태로는 체력이 온전한 신과 일대일 대결을 펼칠 수 없다.

신은 끈질기게 쫓아왔다.

"약탈!"

시체에서 아이템을 흡수하려 하자 신 역시 똑같은 스킬을 사용했다. 민재는 날아오던 아이템 중 절반밖에 흡수하지 못했다.

체력은 일부 회복했으나, 아이템으로 인한 전력 상승은 양측이 동일해졌다.

푸슈욱! 퍽!

공방을 주고받으며 도망치는 동안 팍살라는 죽어 버렸다.

수가 부족한 상태에서 싸운 탓이 컸다.

그래도 그는 적군 다섯 이상을 없앴다. 죽어도 헛되이

죽지 않았다.

그제야 아군 풍룡이 날아들었다.

그는 곧바로 브레스를 뿜었고, 적군 드래곤 하나를 처치해 버렸다.

하나 적군 풍룡 역시 전장에 당도했다.

브레스가 없는 상태에서 풍룡은 힘겨운 싸움을 시작했다.

이대로 싸우면 대패한다.

비록 도망치곤 있었으나 민재는 신을 상대하고 있었다.

큰 이변이 없는 한 민재가 사망할 일은 아직 없다.

하나 풍룡이 있는 곳은 아군이 절대적으로 불리한 환경이었다. 그가 쓰러지고 나면 민재나 다른 동료들이 위험해지고 만다.

도움을 줄 수 있는 자는 정글에 있는 동료뿐. 하나 그들 중 일부는 거리가 너무 멀어 제시간에 도착할 수 없는 위치에 있었다.

'어쩔 수 없어. 살을 주고 뼈를 취한다!'

민재는 외쳤다.

"모두 포탑을 공략해!"

정글의 동료들이 움직이기 시작했다.

그들이 최고의 속도로 진격로 쪽을 향해 달려가자, 진격로에 남아 있던 아군 몇이 즉시 공성에 돌입했다.

그으으으!

해룡이 울부짖으며 돌격을 시작했다.

적군 해룡은 고성을 지르며 이를 막아섰다.

둘의 전투력은 비등했으나, 주변에 있는 동료의 도움과 미니언까지 합세하자 미세하나마 아군이 유리해졌다.

이대로 시간만 끈다면 포탑을 무너뜨릴 수도 있을 것이다.

그때까지 민재는 어떻게 해서든 신의 공격을 버텨 내야 한다.

"냉철한 판단이다. 하나 나를 막을 수 있을까?"

신이 소리쳤다.

그러곤 무지막지한 공격을 가해 왔다.

민재는 약탈 스킬을 연이어 사용했다. 풍룡이 만들어 내는 킬에 힘입어 체력이 조금씩 회복되고 있었으나 신을 막기는 역부족이었다.

하나 길이 열렸다.

스아아아.

신의 궁극기가 시간이 다한 것이다.

도망에 주력하며 그를 상대하다 보니 6초라는 시간은 찰나였다.

이제 그는 민재가 사용하는 스킬에 내성이 사라진 상태.

반면 민재의 궁극기는 2초나 남았다.

"핫!"

민재는 즉시 반전하며 신에게 맹공을 가했다.

"맞아 주지 않겠다."

신은 즉시 회피 행동에 들어갔다.

창 공격을 교묘하게 피해 가며 뒷걸음질 쳤다.

빠르기도 재빨라 공격이 쉽지는 않았으나, 신도 모든 공격을 피할 수는 없었다.

결국 창 한 방이 먹혀들었고.

"갈취!"

파아앗!

[적의 스킬을 갈취했습니다.]

민재는 신의 갈취 스킬을 빼앗았다.

이미 갖고 있는 스킬을 빼앗았기에 민재는 아무런 이익도 없었으나, 신은 사용할 수 있는 스킬이 하나 줄어들게 되었다.

민재는 조금도 지체하지 않고 곧바로 스킬을 사용했다.

"갈취!"

[적의 스킬을 갈취했습니다.]

이번에 빼앗은 스킬은 탈취.

적의 능력을 빼앗아 자신의 힘으로 만드는 스킬이다.

민재는 이동 속도를 빼앗았다.

화아악!

단숨에 민재의 움직임이 빨라졌다.

동시에 공격을 연이어 가하자 신의 체력이 쭉쭉 떨어지기 시작했다.

"역전인가? 조심했는데도 막을 수 없군. 강탈!"

"강탈!"

서로 똑같은 아이템을 주고받은 뒤, 둘은 미친 듯이 서로를 공격했다.

체력은 신이 더 많았으나 전투력은 민재가 한 수 위가 되었다.

막상막하.

누가 먼저 쓰러질지는 전투 결과가 나온 후에야 알 수 있을 것이다.

전투는 지속되었고…… 결국 승패는 나 버렸다.

[전설의 이민재 님.]

신이 먼저 쓰러졌다.

하나 인근에서 싸움을 끝낸 적군 풍룡이 민재에게 공격을 가했다.

[아군이 당했습니다.]

민재와 신, 양측의 샤나까지 모두 죽고 말았다.

민재는 영혼 상태에서 전장을 살폈다.

아군 풍룡은 사망. 적군 풍룡은 아직 살아 있지만 체력이 너무나도 적었다.

그 위에 타고 있던 적군 역시 대다수가 죽었다.

이들은 즉시 진격로로 질주하기 시작했다. 포탑이 무너지는 것을 막으려는 의도였으나 여의치 않았다.

아군 해룡이 적을 물리치고 공성에 심혈을 기울이고 있었다. 그가 거대한 몸을 부딪칠 때마다 포탑의 체력이 쭉쭉 내려갔다.

[포탑을 파괴하였습니다.]

결국 첫 공성에 성공했다.

하나 해룡은 무사하지 못했다.

단시간 내에 공성을 마치기 위해 홀로 포탑의 공격을 불사했기 때문이다.

'계속 밀어붙여!'

민재는 마음속으로 외쳤다.

신기하게도 동료들은 민재의 외침을 알아들은 것 같았다.

그들은 전진했다.

살아남은 전력은 양측이 비등하다.

이쪽은 아직 저레벨에 불과하나 동료 모두가 살아 있는 반면, 저쪽은 체력이 저조하지만 풍룡과 동료 몇이 살아 있었다.

양측이 싸운다면 아군이 우세.

그러나 다음 공성은 다소 힘든 상황이었다.

하나 주도권은 아군에게 있었다.

민재는 머릿속으로 계속 명령을 내렸다.

동료들은 적군 미니언을 학살해 가며 두 번째 포탑에 당도했다.

그러곤 공성을 시작했다.

콰광!

그때 적군 풍룡이 포탑을 지키기 위해 들이닥쳤다.

콰과광!

빛과 소음이 난무하며 땅거죽이 터져 나갔다.

순식간에 아군 다수가 죽었으나 아군은 목숨을 도외시하고 포탑만 공격했다.

결국 포탑을 무너뜨리는 데는 성공했다.

쿠르릉.

[포탑을 파괴하였습니다.]

하나 공성에 나섰던 아군 모두의 죽음은 막을 수 없었다.

이로써 아군은 전원 2데스.

적군은 세 명만 1데스였고, 나머지는 2데스였다.

숫자는 아군이 뒤지고 있으나 포탑은 두 개나 차이가 난다.

아군이 정글에서 사냥하며 레벨을 올리지 않았다면 이마저도 불가능했을 것이다.

'싸움을 빨리 끝내야 해.'

전세가 바뀌었다.

시간을 끌며 성장하려던 계획은 접어야 했다.

포탑 수에서 이기고 있으니 이쪽이 주도권 면에선 앞선다. 이 이점을 살려 공세로 전환하려는 것이다.

파파팍!

민재가 신전에서 부활하자 연이어 동료들이 되살아났다.

"바로 진격로로!"

아이템 구입을 마치자마자 민재는 팍살라에 탑승했다. 동료들도 나뉘어서 팍살라와 풍룡, 해룡에 올라탔다.

과아앙!

해룡의 돌진이 시작되었고 두 드래곤은 날아올랐다.

바람을 가르며 진격로로 질주해 나가자 적이 드러났다. 적군 본진의 앞에서 농성하듯 한군데 뭉쳐 있었다.

억제기 앞의 포탑을 방어하며 아군을 막아 보려는 의도

이리라.

"싸움이 너무 짧군."

신이 말했다.

큰 싸움 두 개를 마쳤는데도 여전히 여유로웠다.

한 번 더 크게 싸우게 되면 3데스를 당하는 자가 속출한다.

예전의 민재라면 여기서 많은 고민을 했을 것이다.

동료들이 죽는 모습을 볼 수 없었기에 어떻게 해서든 2데스인 자를 보호하려 했다.

하나 이번 전장은 다르다.

진짜 동료들은 이미 3데스를 당했고, 민재의 근처에 있는 자들은 가짜일 뿐.

이들을 살린다고 해서 이미 죽어 버린 진짜 동료들이 되살아나는 것은 아니다.

동료들을 정말로 되살리기 위해선 이 전장에서 이기기만 하면 되는 것이다.

그랬기에 민재는 지금까지와는 다른 전략을 사용했다.

조금의 망설임도 없이 아군을 희생시키기로 한 것이다.

"모두 원거리 공격을!"

민재는 적의 포탑 사정거리에서 조금 떨어진 곳에 진을 쳤다.

그러곤 장거리 공격이 가능한 자들을 위주로 공격을 감.
행했다.

파칙!

고블린은 공성 병기를 설치했다.

마수들은 공성 병기를 지키며 다가오는 적군 미니언에게
마법을 날렸다.

이들은 원거리 공격은 뛰어나지만 체력이 낮아 적군이
돌파하는 순간 학살당하고 만다. 그래서 체게게와 양 등의
탱커가 보호하듯 이들을 둘러싸고, 뒤는 서포터들이 언제
라도 회복 스킬을 사용할 수 있도록 준비했다.

적도 똑같은 진형을 취했다.

아군 미니언이 달려들면 그들이 마법을 퍼부어서 없애
버렸다.

이런 전투가 지속되자 포탑 앞은 미니언의 시체로 가득
해졌다.

양 진형 가운데에 집중된 화력에 어느 쪽도 진퇴할 수
없는 상황이 이어지고 있었다.

이대로 계속 시간이 흐르면 아군의 유리함은 사라지고
만다.

똑같이 경험치를 얻고 똑같이 강해진다.

이런 식으로 서로 피해 없이 강해지기만 하면 언젠가는

포탑 정도는 손쉽게 파괴할 수 있는 상황이 되고 만다.

아군이 포탑 2개를 앞서 나가고 있다는 이점이 희미해지고 마는 것이다.

게다가 적은 아직 1데스인 자가 셋이나 되는 반면, 이쪽은 큰 싸움 한 번에 모두가 3데스를 당할 수 있다.

적이 틈을 보여야 달려들 수 있는데 적의 대비는 완벽했다.

'모험을 해야겠어.'

피해를 각오하고 승부수를 띄워야 한다.

하나 포탑의 공격력을 무시할 수 없기 때문에 현재 위치에서 싸우게 되면 패배할 확률이 더 크다.

이쪽에서 공격할 수 없다면, 적이 공격해 오게 만들면 된다.

"후퇴."

민재는 아군을 뒤로 물리기 시작했다.

적이 기습하더라도 언제든 되받아칠 준비를 하며 천천히 뒤로 빼자, 신이 말했다.

"운영으로 승부를 보려는가?"

"왜? 싸우고 싶어?"

"그대는 물었었지. 이 전장을 만든 이유가 무엇이냐고."

"무슨 말을 하고 싶은 거지?"

민재는 더욱 조심스러워졌다.

일촉즉발이나 다름없는 상태에서 이상한 말을 하다니, 방심하게 만들려는 건가 싶었다.

"답해 줄 수는 없다만, 몇 가지 정도는 알려 줄 수 있다."

"기습을 생각하고 있다면 조심하는 게 좋을 거야."

"나는 생을 포기하려 했었다."

"뭐……?"

민재는 신의 말을 이해할 수 없었다.

그는 절대적인 힘을 가진 존재.

그런 힘을 가진 자는 이미 생과 사를 뛰어넘었으리라 여기고 있었던 탓이다.

그런데 신이 죽는다고? 자살이 가능하다는 뜻인가? 이 무슨 황당한.

그러나 신은 농담하는 기색이 없었다.

처음 만났을 때처럼 그는 무료하고도 무표정한 얼굴로 또박또박 말을 이어 나갔다.

"하지만 내 친우가 그것을 막았지. 나는 전장을 만들었고, 그곳에서 싸웠으며, 또 삶의 의미를 되찾았다."

"……."

민재가 아는 세상 밖의 일.

그가 무슨 말을 하는지 조금도 이해할 수 없었다.

하지만 그가 전진해 오고 있다는 것만은 알 수 있었다.

언제라고 돌격할 수 있는 진형을 갖추는 것으로 보아, 그는 위협적인 존재다.

그가 하는 말을 이해하려 머리를 굴리다간 전투에서 대패할 수도 있으리라.

"그러나 나는 곧 또 다른 문제에 봉착했다. 이 문제는 나도, 내 친우도 해결할 수 없었다. 우리는 고민했고 곧 알게 되었다. 전장이라는 이 거짓 세계가 기적을 낳을 수 있음을."

"무슨 말인지 모르겠군."

"지구인이 시즌 1에서 우승한 것은 우연이라 생각하고 싶었다. 연약한 육체에 나태한 정신을 가진 자들이 고고한 종족을 넘어섰다고 믿고 싶지 않았으니까……. 예상 밖이었다. 하나 시즌 2에서 그대를 보는 순간 나는 생각했다."

신이 다가오는 속도가 빨라지기 시작했다.

그는 적진에서 돌출되어 앞으로 나왔다.

산책이라도 나온 듯 창을 어깨에 걸친 여유로운 모습의 그는 싸움이라도 걸려는 듯 좀 더 빠른 걸음으로 다가왔다.

민재는 긴장하며 전투에 대비했다.

그리고 동료들에게 더 빠르게 뒤로 물러날 것을 명령했다.

"그대라면 내 고민을 해결해 줄 수 있을지도 모른다고. 그러니 그대는 스스로를 증명하라. 도전자여, 그대는 적격자인가?"

"자꾸 다가오면…… 젠장!"

민재가 급히 소리쳤다.

신이 창을 휘둘러 옆에 있던 동료를 죽여 버렸기 때문이다.

[적이 처형되었습니다.]

갑자기 아군을 죽이다니.

이유는 빤하지 않은가, 돌격이다.

"탈혼!"

신이 소리치며 달려들기 시작했다.

'궁극기!'

민재는 순간 갈등했다.

신이 궁극기를 사용한 상태에서 돌격을 시작했다.

무수한 스킬을 사용해도 무용지물. 6초 동안은 그를 저지할 수단이 없다.

이대로 돌파를 허용하면 아군 진형은 와해되고 큰 피해를 입고 만다.

초반부터 패전이 확실해진 전장에서 아군이 할 수 있는 일은 도주뿐. 제대로 도망칠 수나 있다면 다행이지만 적의 추격에서 살아남을 수 있는 아군이 몇이나 될까.

아마도 민재도 동료들도, 모두가 3데스를 당해 기약 없는 미래를 맞이하게 될 것이다.

이를 막을 사람은 민재뿐.

민재 역시 궁극기를 사용해 대응한다면 돌격을 막을 수 있다.

그러나 궁극기를 사용하기 위해서는 죽은 자가 필요한 법.

주변에 적의 시체가 없으니, 지금 민재가 궁극기를 사용하려면 아군을 죽여야만 한다.

한데, 민재를 포함한 모든 동료들이 2데스인 상태에서 아군을 처형한다? 이것이 뜻하는 바는 영원한 죽음이다.

하나.

'어쩔 수 없어!'

민재는 창을 들어 옆을 찔렀다.

푸욱!

날카로운 창끝이 연약한 살을 파고드는 느낌.

[아군이 처형되었습니다.]

마수 하나가 피를 토하며 꼬꾸라졌다.

이로써 마수는 3데스. 다시는 살아날 수 없는 상태가 되었다.

비정한 결정이었으나, 어쩔 수 없는 상황이었다.

평상시의 민재라면 절대 하지 않았을 행동이지만 이들은 살아 있는 진짜 동료가 아닌 허깨비. 어떻게 해서든 전장에서 승리하기만 하면 죽어 버린 동료들을 되살릴 수 있지 않은가.

오직 승리를 위해.

"탈혼!"

민재는 궁극기를 사용했다.

그리곤 이를 악문 채 돌격했다.

쇄아악!

첨예한 창끝이 뻗어 갔다.

쾅!

신과 민재가 서로를 가격함과 동시에 집단전이 시작되었다.

화아악!

화르륵!

모든 드래곤이 브레스를 뿜었다.

양측 모두 밀집해 있는 진형이기에 브레스의 범위 밖으로 벗어나는 것은 불가능에 가까웠다.

하지만 덩치가 큰 아군을 방패로 사용하는 것은 가능했다.

"해룡!"

민재가 소리쳤다.

해룡은 즉시 원을 그리듯 움직였다.

그가각!

무시무시한 덩치가 만들어 내는 쾌속.

바닥이 으깨지며 비산하는 가운데, 해룡은 아군을 둘러싸곤 브레스를 막았다.

그 순간, 콰아앙!

브레스가 해룡의 몸을 쳤다.

압도적인 압력이 동반된 브레스 두 방이 연이어 터지자 해룡의 체력이 단숨에 절반 이하로 떨어졌다.

그 크기만큼 어마어마한 체력을 가진 해룡조차 두 드래곤의 공격에 무사할 수 없었다.

그러나 희생만은 막아 냈다.

체력이 너무나도 낮아 브레스에 스치기만 해도 죽어 버렸을 아군이 해룡의 보호 덕분에 목숨을 보전한 것이다.

하지만 모든 동료가 무사한 것은 아니었다.

[아군이 처형되었습니다.]

동료 셋이 죽었다.

해룡이 너무 급하게 움직이는 바람에 아군 몇과 프리 미
니언을 깔아뭉개 버렸기 때문이다.

더구나.

구구구구, 쿠앙!

적군 해룡이 아군 해룡을 들이받아 버렸다.

멀리서부터 날아와 가한 돌격엔 에너지가 엄청났다.

그 일격을 고스란히 받아 버린 해룡은 허리가 꺾이며 튕
겨져 나갔다.

동시에 사망 판정.

브레스를 막고 동료들을 살리긴 했으나, 초전부터 드래
곤 하나를 잃었다.

반면 적이 입은 피해는 아군과 달랐다.

아군 드래곤이 브레스를 뿜는 순간, 적들은 산개하듯 물
러섰다.

꽉살라도 적군 드래곤에게 브레스를 뿜었다. 체력을 절
반 정도 빼는 데는 성공했으나 적을 죽일 수는 없었다.

대신 풍룡이 뿜은 브레스는 적군을 강타했다.

[더블 킬.]

[펜타 킬!]

칼날 바람이 해일처럼 적진을 휩쓸자, 적군 대다수가 단
숨에 죽어 갔다.

연속 킬 수는 무려 열여섯.

적군 유저는 신을 제외한 모두가 브레스 한 방에 죽고 만 것이다.

아군은 해룡의 죽음, 적은 유저 모두가 죽었다.

숫자로 보자면 아군이 유리해졌으나 전력으로 치자면 비등했다. 그만큼 해룡이 가진 힘이 대단했기 때문이다.

"약탈! 일제 사격!"

민재는 적군의 시체에서 아이템을 훔치기 시작했다.

체력이 상당히 많이 남아 있었으나, 적이 아이템을 훔치기 전에 미리 선점하려는 것이다.

동시에 명령하며 신을 계속 공격했다.

아군 다수가 살아남았지만, 이들의 목숨은 결코 길지 않다.

적군 해룡이 다시 돌격을 시작하면 반수는 반항도 제대로 못 하고 죽어 갈 것이기 때문이다.

그전에 조금이라도 더 많이 공격해서 적의 체력을 깎아야 한다.

콰과과과!

빛과 화살이 날아가 적군 드래곤에게 집중 포화를 가했다.

궁극기로 몸을 보호하고 있는 신을 칠 수 없으니 드래곤이라도 잡고 보려는 것이다.

그러나 날개 달린 이들의 이동속도는 매우 빨랐다.

몸을 꺾듯 날아올라 상공으로 피해 버리자 상당수의 공격 스킬이 애꿎은 허공만 갈겼다.

크아앙!

양측의 드래곤들은 공중전을 벌이기 시작했다.

적군 팍살라가 브레스로 피해를 입었기에 아군이 다소 유리했다. 공중전은 아군에게 승세가 있다.

하나 지상은 아군이 압도적으로 불리했다.

적군 해룡이 돌진을 시작했기 때문이다.

가가각!

땅을 갈아 내며 무시무시한 덩치가 쇄도해 왔다.

민재는 날렵하게 발을 움직여 돌격 궤적에서 몸을 피했다.

그 순간.

착!

신이 점프했다.

그는 한 손으로 돌격하는 해룡의 비늘을 잡더니, 그와 함께 민재를 순간 지나쳐 버렸다.

'아닛?'

자신을 상대하다 말고 해룡과 함께 돌격이라니! 아군의

수를 줄인 후 협공으로 민재를 상대하려는 수작이 아닌가.

민재는 곧바로 바닥을 박찼다.

그리곤 해룡의 몸통을 잡으며 동시에 주먹을 찔러 넣었다.

"탈취!"

빠악!

가죽 터지는 소리가 나며 해룡의 옆구리 한쪽이 터져 나갔다.

곧 민재는 시스템 음성을 들었다.

[적의 능력을 탈취했습니다.]

이동속도를 빼앗아 버리자 해룡의 돌격 속도가 눈에 띄게 줄었다.

해룡은 덩치부터 공격력까지 엄청난 놈이지만, 무엇보다 무서운 것은 그의 돌격이었다.

먼 거리서부터 가속하여 적을 들이받아 버리면 민재조차 몸을 가누지 못하고 튕겨 나가고 만다.

파괴력마저 엄청나기에 지상에서 그를 막기란 참으로 까다로웠다.

하나 돌격 속도를 늦출 수만 있다면 파괴력은 반감하고 만다.

희생을 모두 막을 수는 없겠으나, 상당수의 아군을 살릴 수 있는 것이다.

"이동속도를 줄이다니, 영악하군. 그러나 전멸을 피하진
못할 것이다."

신이 소리쳤다.

동시에 해룡이 아군 진형의 한쪽을 쳤다.

콰광!

바닥이 뭉개지며 아군 몇이 하늘로 날아올랐다.

[적 펜타 킬!]

죽은 자는 다섯.

피해가 컸지만, 아직 열 명이나 되는 아군이 살아 있다.

신은 그들에게 팔을 뻗었다.

그러자 적군 샤나가 달리기 시작했다.

다다닥, 팟!

'정령 폭발?'

의문을 품는 순간.

번쩍!

눈앞이 폭발했다.

동시에 공기가 터져 나가며 민재를 덮었다.

근거리에서 터진 폭발이라 압력이 엄청났다.

해룡이 순간적으로 몸을 가누지 못하고 뒤로 날아가는
바람에 민재마저 뒤로 날려갔다.

손에 힘을 주어 비늘을 움켜쥐었으나, 그마저도 뜯겨 나가고 말았다.

부우욱!

'읏!'

민재는 태풍 속의 가랑잎처럼 날려가다 바닥을 굴렀다.

앞은 제대로 볼 수 없었으나 미니맵으로 전장을 확인할 수 있었다.

[적은 전설입니다.]

살아남았던 동료 모두가 사망했다.

폭발이 터진 인근은 쑥대밭이 되어 있었다.

실로 핵폭발만큼이나 강력한 위력이었다.

'젠장!'

민재는 몸을 추스르면서 다시 돌격해 나갔다.

목표는 해룡이다.

정령 폭발이 너무 강력해 적군 해룡마저 큰 피해를 입었다.

무사한 자는 궁극기로 보호되고 있는 민재와 신뿐.

방심했다가 치명적인 공격을 허용했으니, 지금이라도 되갚아야 한다.

"약탈!"

또다시 아군의 시신에서 아이템을 흡수하며 민재는 공격

했다.

푹! 쿠앙!

옆구리에 창을 찔러 넣자, 해룡이 괴성을 질러 댔다.

이대로 공격을 계속할 수만 있다면 해룡을 쓰러뜨리는 것도 어렵지만은 않을 터다.

하나 신이 의외의 행동을 했다.

"탈취!"

퍼억!

그는 또다시 같은 편을 공격했다.

빼앗은 능력치가 공격력인지, 그는 순간적으로 힘이 강해졌다.

게다가 민재처럼 그 역시 시신에서 아이템을 약탈했다. 죽은 자들이 한둘이 아닌 만큼 그의 공격력은 어마어마할 정도로 높아졌다.

그런 그가 해룡의 꼬리를 잡았다.

"흡!"

그는 공격하는 민재를 상대하지 않고, 몸을 회전시켰다.

그러자 믿기 어려운 일이 일어났다.

슈우웅!

거대한 덩치의 해룡이 쌀 포대처럼 위로 던져진 것이다.

크아앙!

날개도 없는 해룡이 울부짖었다.

동시에 놈은 입을 크게 벌렸다.

그러곤 공중전을 펼치고 있던 아군 팍살라의 발을 물어 뜯어 버렸다.

그앙!

팍살라의 몸이 휘청하더니 그대로 땅으로 곤두박질치기 시작했다.

'이게 무슨!'

민재는 상상도 못 한 행동이었다.

저 덩치를 위로 던져 버리다니.

하지만 그 광경을 보고 있을 시간이 없었다.

신이 달려들며 창을 찔러 넣었기 때문이다.

슈아악!

민재는 즉시 반격했다.

콰앙!

창 공격이 서로의 몸을 치며 굉음이 잇달았다.

치열한 공방이 금세 반전했다.

신이 뒤로 물러서며 회피전을 시작했기 때문이다.

'시간 끌기!'

현재 전투력은 민재가 앞선다.

신은 샤나의 버프가 없지만 민재는 아직 있기 때문이다.

그건 유리했으나, 시간을 끌면 불리해지고 만다.

드래곤들의 싸움이 서서히 끝나가고 있기 때문이다.

처음엔 아군 드래곤들이 우세했으나, 적군 해룡이 가세한 뒤로 밀리기 시작했다.

싸움이 계속되면 아군 드래곤은 모두 죽어 버리고 적군 드래곤은 적어도 하나는 살아남으리라. 그리고 민재와 신의 싸움에 가세한다면, 민재가 패배할 확률이 커지고 만다.

'시간이 없어!'

민재는 혼신의 힘을 다해 신을 추격했다.

이동속도만큼은 민재가 조금 더 빨랐기에 신의 도주를 막을 수는 있었다.

그러나 신은 교묘하게 공격을 피했다. 그를 물리치는 건 쉽지 않았다.

그때, 휘이잉.

궁극기의 유지 시간이 끝나 버렸다.

이제 신과 민재 둘 다, 서로에게 스킬을 사용할 수 있게 된 상태.

사용할 수 있는 스킬은 스킬을 빼앗을 수 있는 갈취와 아이템을 빼앗을 수 있는 강탈. 양측이 동일하다.

신은 곧바로 반전하며 스킬을 사용했다.

"강탈!"

푸악!

창에 얻어맞은 민재의 가슴이 터져 나가며 공격 아이템 하나를 빼앗기고 말았다.

여기서 손해를 보지 않으려면 민재 역시 스킬을 사용해야만 하다.

하나, 민재는 최후의 도박을 실행했다.

"샤나!"

민재는 팔을 뻗었다.

그 위를 샤나가 달리기 시작했다.

다다닥!

손목까지 달린 샤나는 조금도 지체하지 않고 점프했다.

"음!"

신이 즉시 몸을 옆으로 움직였다.

그때 샤나의 정령이 폭발했다.

번쩍!

실명할 정도로 밝은 빛이 눈앞을 삼켰다.

코앞에서 터진 폭발에 민재마저 무사하지 못했다.

몸이 녹아 버릴 것만 같은 엄청난 열기와 함께 지옥의 고통이 느껴졌다.

"아악!"

민재는 비명을 질렀다.

하지만 몸을 움직였다.

기절할 것 같은 고통을 이기고 최후의 일격을 가해야 한
다.

이번 공격으로 민재는 엄청난 타격을 입었다. 순간적으
로 받은 피해가 전체 체력의 절반 가까이나 되었다.

기본 공격 한두 대만 맞아도 죽어 버리고 말 정도였다.

하나 이런 피해는 신도 똑같이 입었을 터.

"으아아!"

민재는 마구잡이로 공격했다.

대부분이 허공을 쳤으나,

푸욱!

공격 한 번이 성공했다.

민재는 즉시 그곳으로 돌격하며 연타를 가했다.

푹푹푹!

반격이 잇달았다.

신 역시 민재를 죽이기 위해 공격하고 있는 것이다.

기겁할 정도로 큰 고통.

반격당할 때마다 체력은 점점 낮아져 간당간당할 정도로
떨어져, 위험하게 되었다.

이제는 누가 먼저 죽느냐의 싸움.

민재와 신은 미친 듯이 서로를 공격했다.

쿠앙!

결국 서로 마지막 타격을 앞둔 상황.

한 대라도, 스치는 공격이라도 먼저 가한 쪽이 이기는 순간이 와 버리고 말았다.

민재는 이를 악물었다.

신은 무서운 눈빛으로 최후의 일격을 넣어 왔다.

무수한 접전으로 엉망이 되어 버린 창끝이 서로의 머리와 가슴을 노렸다.

쇠아악!

쒜애액!

찰나의 시간 속에서 민재는 깨달았다.

신이 반 수 빠르다.

죽는 이는 자신이 되고 말 것이다.

이를 예상한 듯 신의 찌르기는 조금도 망설임이 없었다.

최후의 승자가 자신이라는 것을 조금도 의심하지 않는 눈빛이었다.

이대로 찌르기가 계속된다면, 민재는 필패.

자신의 삶과 죽음, 타인의 인생과 한 세계의 성쇠까지.

그 모든 것이 민재의 어깨에 걸려 있다.

그것을 깨닫는 순간, 민재는 행동을 달리했다.

'놓는다. 그리고……'

민재는 손에 힘을 풀었다.

공격을 하는 도중에 창을 놓아 버린 것이다.

동시에 다리를 앞으로 뻗고, 몸을 뒤로 눕혔다. 팔을 만세 하듯 하늘을 향해 뻗었고, 상대의 빈틈만을 노렸던 눈조차 아무것도 담지 않았다.

그러자, 신이 비명을 삼키듯 소리쳤다.

"이런!"

목소리가 들림과 동시에 그가 뻗은 창이 민재의 코앞을 스쳤다.

슈칵!

단순한 여파에 살이 갈라질 정도로 매서운 일격이었다.

하나 민재는 그것을 맞지 않았다.

대신 민재가 놓아 버린 창은 그대로 날아가 신의 가슴에 꽂혔다.

푹!

놓아 버린 창이라 공격력이 높을 수는 없었다.

그러나 이 공격조차 치명타였다.

스쳐도 죽어 버릴 정도로 낮은 체력을 가진 신에게, 이보다 더 무서운 일격이 있을까.

민재의 시야에 하늘이 들어온 순간.

[이민재 님은 전설입니다!]

시스템 음성이 들리며 신이 쓰러지는 소리가 났다.

성공.

신을 잡는 데 성공한 것이다.

하지만 민재는 눈을 감았다.

스륵.

하늘 위에서 떨어져 내리고 있는 것이 보였다.

그것은 날개를 가진 시퍼런 파충류.

드래곤끼리의 싸움에서 최후까지 살아남은 놈이 내려오며 최후의 일격을 가했다.

콰직!

단숨에 갈비뼈가 으깨졌다.

[아군이 적에게 당했습니다.]

시야는 회색빛으로 변해 버렸다.

민재는 몸을 일으켰다.

3데스.

민재와 신, 허깨비 동료와 적군 모두.

프리 미니언까지 포함해 모두가 죽고 말았다. 살아남은 자는 단 한 사람도 없었다.

모두가 이겼으나, 모두가 죽고 만 싸움.

민재는 허무하게 전장을 살폈다.

사방에 널려 있는 시체들.

그 뒤로 움직임을 멈춰 버린 미니언이 보였다.

'미니언이?'

게임이 끝나지 않는 이상 진격을 멈추지 않는 미니언이 정지 상태라니.

이것이 뜻하는 바는.

'내가…… 이긴 건가?'

민재는 신을 먼저 죽였다.

그것이 약간의 차이에 불과할지라도 먼저 죽였다는 점은 변함이 없다.

그러니 이 싸움의 승자는 민재.

신은 졌다.

'후우우…….'

민재는 영혼 상태에서 숨을 들이켰다.

정복감, 성취감.

감정이 기이할 정도로 가슴에 휘몰아쳤다.

소리라도 지르고 싶었으나, 민재는 그럴 수 없었다.

'이게 대체…….'

미니언이 다시 움직이고 있는 것이다.

정지했던 것처럼 보였던 전장의 시간이 다시 흐르기 시

작했고, 미니언은 진격로를 따라 진군해 나가기 시작했다.

이미 끝난 싸움인데, 저들이 왜 움직인단 말인가.

'미니언이 왜!'

신이 결과에 승복하지 않고 전투를 재개하기라도 했다는 뜻인가 싶었다.

하지만 민재는 곧 깨달았다.

진격로에 나타난 이물질.

그들을 보는 순간, 자신이 착각하고 있었다는 사실을 알아차리고 만 것이다.

'세 명이…… 2데스라니!'

아군은 전원 3데스로 되살아날 수 없다.

민재도 신도, 모두가 3데스라 끝이나 다름없었다.

하나 적군 중 세 명만은 2데스였다.

신과 크게 싸운 전투는 총 세 번.

세 번 다 전멸할 정도로 큰 싸움이었는데, 그중 두 번째 전투에서 적 셋이 살아남았다는 사실을 깜빡하고 있었던 것이다.

이리되면…….

'졌…… 다.'

민재는 털썩 주저앉았다.

아군 모두가 죽었지만 적은 셋이 살아남았다.

그들은 마수 둘과 토끼 하나.

민재에 비하면 참으로 나약한 전투력을 갖고 있지만, 이들도 레벨업을 할 수 있는 유저이지 않은가.

약하지만 시간만 주어진다면 얼마든지 포탑을 부술 수 있는 잠재력을 가진 자들이다.

피가 싸늘하게 식는 기분이 들었다.

이제 민재는 회색의 세상 속에서, 저들이 넥서스를 부수는 것을 지켜보아야만 하는 것인가.

그런 생각을 하는 때.

파아앗!

갑자기 눈앞의 공간이 뒤틀리더니, 곧 무언가가 나타났다.

그는 신.

긴 수염을 가진 모습으로 화한 그는 천천히 입을 열었다.

"기분이 어떤가."

"……."

"놀리려는 것은 아니다. 감상이 어떤지 묻고 싶은 것이다."

"이제 나는 어떻게 되는 거지? 죽는 건가?"

"죽고 싶은가?"

민재는 대답하지 않았다.

심정이 너무 복잡했다. 뭔가 터져 버릴 것만 같은데, 대답할 수가 없었다.

하지만 신은 계속 말을 걸어왔다.

"그대는 훌륭히 싸웠다. 하지만 부족하다는 느낌은 지울 수 없군."

"동료들도 죽게 되나?"

"죽길 바라나?"

"지구는? 살고 있던 사람들은?"

"죽길 바라나?"

"대답해! 헛소리하지 말고!"

소리쳤다.

꽉 막혀 있던 분노를 터트렸으나, 신은 여전히 담담했다.

"그대가 아무것도 하지 못한다면 모두가 죽고 말겠지."

"으으으……."

민재는 이미 3데스를 당했다.

아무것도 하지 못한다.

그렇다면 결과는 정해진 것이나 다름없지 않은가.

"결과를 부정하는가? 전투가 정당하지 않았다고 보는가?"

그렇지는 않았다.

화가 나는 상황 속에서도 신이 승패를 조작했다는 느낌은 들지 않았다.

결과가 좋지 않았을 뿐, 민재도 그도 최선을 다했다.

머릿속으로는 그 사실을 알고 있었으나, 인정하고 싶지 않을 뿐이었다.

"인간이란 생물은 참으로 기이하지. 백 년도 살 수 없는데 모든 것을 탐하고 또 불태우지."

"……."

"그대는 패배했다."

온몸에 힘이 빠졌다.

민재는 힘없이 바닥만 바라보았다.

"하지만 인간은 실패를 딛고 일어서서 내일을 살아가는 존재. 그대 역시 마찬가지겠지."

민재는 신이 하는 말을 잠자코 듣기만 했다.

그가 무슨 말을 하든, 이미 의미가 없지 않은가.

그런데 듣고 있다 보니 이상한 점이 느껴지기 시작했다.

"그대는 적격자로서는 부족하다."

"하지만 기회를 주기라고 하겠다는 거야?"

"이제 정신을 차렸나? 그대에게 기회를 주겠다."

"왜지?"

민재는 천천히 몸을 일으켰다.

그리곤 신을 똑바로 쳐다보았다.

"난 이미 졌다. 그런데 왜 기회를 주려 하지?"

"그대는 싸움에서 졌다. 하지만 그대와 나의 일대일 대결에선 그대가 이겼다."

"그런가?"

전체 전투에선 졌다.

하나 민재는 신을 먼저 죽였다.

"무승부라고 말하고 싶은 거냐?"

"무슨 소리. 무승부는 아니다. 하지만 개운하지도 않군. 내가 전장의 유저였다면, 여기서 내 목숨이 끝났을 터이니."

민재는 잠시 입을 닫았다.

대체 신은 무슨 생각인 것일까.

어째서 자신을 특별 취급하는 것일까.

"그대가 특별해서가 아니다."

"그러면?"

"특별한 것은 인간이다. 우연으로 전장의 유저가 되었으나, 지금 그대는 인간 전체를 대표하는 신분이다."

"그런가."

민재의 행동에 지구의 운명이 걸려 있다. 신의 말이 틀리기만 한 것은 아니었다.

"그래서 무엇을 제시하려는 거지?"

"무승부가 아니나, 무승부로 인정해 주지. 우승자의 선택권을 주는 동시에 패배자의 고통 또한 주겠다."

"병 주고 약 주고인가?"

"선택하라. 도전자여."

"무엇을?"

"전장에서 얻은 힘 모두를 주지."

"힘?"

"그리고 그대의 목숨도 살려 주겠다."

"……동료들은?"

"죽는다. 지구도 부서진다."

"뭐?"

민재는 황당했다.

전장에서 얻은 힘은 가치가 있다.

민재가 목숨을 걸었을 정도로 엄청난 힘이지 않은가. 하지만 그것을 위해 다른 것들을 포기하라니.

"지구가 사라지면 나는 죽잖아."

"다른 세계에서 살게 해 주지."

"미친……."

대답할 가치도 없었다.

"다른 선택지는?"

"그대의 목숨도, 동료의 생명도 모두 살려 주지. 그리고 지구도 폭발하지 않게 막아 주겠다. 대신⋯⋯."

신의 눈이 이쪽을 향했다.

맑고 투명해 공허하게까지 보이는 눈동자.

그것은 무시무시할 정도로 비정해 보이기도 했다.

"그대의 소중한 것을 앗아 가겠다."

"소중한⋯⋯ 것? 그게 뭐지?"

"진정으로 소중한 것은, 잃고 나서도 그것이 무엇인지 모른 채 그리운 법."

"그런⋯⋯."

어떤 것을 빼앗길지 알 수가 없다니.

모두의 목숨을 살리고 지구까지 구할 수 있으니, 이보다 더 좋은 조건은 없을 것이다. 하지만 신이 말하는 그 소중한 것이 무엇인지 모르는 이상, 목숨보다 더 귀한 것을 빼앗길 수도 있겠다는 생각이 들었다.

하지만.

"선택하겠어."

생각할 필요도 없었다.

민재에게 가장 소중한 것은, 이미 전장을 거치며 밝혀지지 않았던가.

"말하라."

신은 조용히 채근했다.

민재는 그의 앞에서 당당히 허리를 폈다.

그러곤 결정을 내렸다.

〈『신의 게임』 1부 完〉

신의게임

1판 1쇄 찍음 2015년 5월 28일
1판 1쇄 펴냄 2015년 6월 2일

지은이 | 월 탑
펴낸이 | 정 필
펴낸곳 | 도서출판 **뿔미디어**

편집장 | 이재권
기획 · 편집 | 윤영상

출판등록 | 2002년 9월 11일 (제1081-1-132호)
주소 | 경기도 부천시 원미구 소향로 17번길(두성프라자) 303호 (우)420-864
전화 | (032)651-6513 / 팩스 032)651-6094
E-mail | bbulmedia@hanmail.net
홈페이지 | http:/bbulmedia.com

값 8,000원

ISBN 979-11-315-6458-5 04810
ISBN 979-11-315-1985-1 04810 (세트)

http://www.bbulmedia.com